A E
& I

Bailar con la vida

Autores Españoles e Iberoamericanos

Zoé Valdés

Bailar con la vida

© Zoé Valdés, 2006

© Editorial Planeta, S. A., 2005
   Diagonal, 662-664, 08034 Barcelona (España)

Primera edición: mayo de 2006

Depósito Legal: M. 17.029-2006

ISBN 84-08-06671-4

Composición: Víctor Igual, S. L.

Impresión y encuadernación: Mateu Cromo Artes Gráficas, S. A.

Printed in Spain - Impreso en España

A Liú, invención

A Isis Wirth-Armenteros

*A las ciudades de Nueva York,
Madrid y Londres*

Quien no ha conocido jamás el exilio ignora lo que significa el sonido de una voz amiga.

PIERRE ASSOULINE

Yo me masturbaré y practicaré el espiritismo. [...] Amo el semen. Yo quiero semen. Yo soy el semen. [...] Mi mujer se aburría. Habíamos imaginado librarnos al desenfreno. Compré libros que ahora están en una maleta en el hotel Bristol en Viena. Compré esos libros para excitarnos. Excité a mi mujer. Ella no quería. La forcé a que se excitara. Ella se excitó y nos pusimos orgiásticos.

VASLAV NIJINSKI

PRIMERA PARTE

11-S

Mi madre había fallecido en el exilio hacía sólo un mes y pocos días, yo dedicaba un libro a Terry Karten. Ricardo me llamó por teléfono: «Enciende la televisión, es horrible lo que estoy viendo.» La primera torre incendiada. La segunda impactada. Una nube de polvo y humo arrasaba con las gentes. Las personas corrían desesperadas, otras se descolgaban y hasta se lanzaban de las ventanas de las torres.

El derrumbe de la primera torre. Después la otra.

La gente continuaba corriendo, desesperada, en todas direcciones. Las calles de Nueva York reproducían ciertas imágenes del cine de Hollywood.

Humo blanco primero, luego negro. Oscuridad.

Intento llamar a mis hermanos y a mi padre en New Jersey, no doy con ellos, no hay línea. Interrumpida la comunicación con América del Norte.

Era el 11 de setiembre de 2001: «Lo consiguieron», musité. Triste fama la de los terroristas, odiosa celebridad.

A partir de aquel día, yo pensaba que la vida no sería igual. Pero la vida es... apenas diferente.

¿Qué puedo hacer contra «eso»?, me preguntó el editor. «Eso» era nada menos y nada más que mi incapacidad para hallar un tema de novela que a él le convenciera. Y precisamente «eso», en ese instante, significaba todo para mí. «Escribe una novela erótica, están muy de moda, hay un gran público que se interesa...», aseguró, sin dar mucha importancia a mi evidente nerviosismo.

—¿Te das cuenta? ¿Te das cuenta de por qué no consigo concentrarme? Han pasado tantos sucesos espantosos en tan pocos años... —Estudié el rostro de mi amiga Chloé, sentada junto a mí en el metro, imperturbable—. Mi madre murió en agosto de 2001, en seguida viene lo del 11 de setiembre, Nueva York arrasada, una parte de mi familia vive en New Jersey. Después, a mi padre le diagnostican un cáncer y fallece también. Pierdo a buenos amigos, también muertos. Me botan del periódico, envío un manuscrito a una editorial y el editor me aconseja que escriba una novela erótica.

Chloé guardó silencio, inmutable. Suspiré. Al rato, Chloé me enseñó su bolso con cierto orgullo:

—¿Te gusta mi nueva cartera Kate Spade?

—¿Cómo puedes preguntarme por una cartera mientras te hablo de mi vida? —protesté.

—Hablar de la vida es algo que está muy en onda. Pero yo prefiero vivir y cerrar el pico.

La dejé en la esquina del bulevar Bourdon con la Bastilla. Caminé con pasos cansados hacia mi casa.

Al rato, me hallaba entretenida con la película *El imperio de los sentidos* en DVD, y casi de modo automático anoté en mi cuaderno: «El erotismo es el lenguaje de los cuerpos y la danza de las palabras.» Frase inspirada en otra de Octavio Paz. Esa cita definiría el principio de la novela que pretendía escribir. Luego, soñé, la novela se convertiría en película, también me ocuparía del guión. Las letras en amarillo sobre la pantalla en negro aparecerían en *fade in* con ese sugestivo enunciado. Todavía no tenía el título definitivo, tampoco veía muy clara la historia, pero imaginaba bailarines, dioses, y palabras sólidas como árboles, aunque sencillas... Árboles de un bosque accesible.

Era ya muy tarde, la madrugada. Puse unas gotas de canela y de mirra en el quemador, encima de la vela, para perfumar la habitación... Canela... Así fue cómo hallé el nombre del personaje, mientras olía con el recuerdo el arroz con leche espolvoreado de la dulcería de Bergenline en New Jersey, la Fenix Bakery. Quise ponerme a escribir en el ordenador, pero el cansancio impidió que iniciara el rito, el regodeo cosquilloso entre mi mente, las imágenes, las frases, la melodía. Decidí tomar un baño de agua caliente. Llené la bañadera, regué unas perlas de aceite. El agua hirviente dilató mi carne. Los senos enrojecieron y los pezones hinchados resurgieron como melocotones sobre islas flotantes. Sufría el estado en que me ponía el plenilunio, los días de la menstruación, y el escarlata tiñó la espuma.

Tomé los cuadernos de Nijinski de encima de la mesita auxiliar comprada en Ikea y leí con fruición las disquisiciones esquizofrénicas del gran bailarín ruso, mientras el vapor embotaba mis sentidos, en espera del cuchillo de *Psicosis*. Después de haberme iniciado en la obra de Alfred Hitchcock, nunca más he podido bañarme sin gozar, con la imaginación aterrada, de las puñaladas de Anthony Perkins en mi esternón, en mi vientre, en mi sexo. Me dolían las tetas, debido seguramente al proceso hormonal, y el clítoris se puso tenso mientras restregaba mi piel con la esponja carrasposa; no recurrí a la masturbación por vaga, y porque me dije que debía hacer un esfuerzo y escribir, aunque fuera a mano, así sea una página de la novela. Leí todavía un poco más, hasta que el agua se entibió y amenazó con enfriarse.

Vaslav Nijinski se volvió psicótico a los treinta años, o sea, el diagnóstico fue declarado a esa edad, pero él ya venía dando pruebas de sus complejos trastornos desde hacía bastante rato. Una alma llena de presentimientos, de dudas, espasmos cuyos temblores él escribía en el aire y con el cuerpo. Nijinski sentía demasiado su sangre y su estómago, así percibía el peligro y el milagro, dos palabras muy similares. Escribió que sólo volvería a danzar cuando sus intestinos estuviesen vacíos.

Emergí del agua, fría ya entonces, y después de secarme y vestirme, un ligero escozor de hambre atacó mis tripas. No voy a escribir con el estómago lleno, pensé, igual que Nijinski. Cuando iba de la cocina al cuarto, extrañé la presencia de un hombre o de una mujer que me amaran, y que me hicieran el amor, sobre todo con amor. Pretextos para no sentarme frente a la computadora, claro; primero el apetito, luego... Luego el otro apetito. Estaba sola, lo que siempre he ansiado, y no conseguía concentrarme en el texto apenas garabateado. La caligrafía de una mano, la ortografía de la mente: sensualidad y metafísica.

¿Por qué necesitaba despejar mis ideas negativas en solitario? Pues porque ya estuve demasiado acompañada y no sirvió para nada, sólo para martirizarme. Sí, yo he sufrido lo suficiente por unos cuantos abandonos. He desistido de reiniciar el desbarajuste de los sentimientos en nombre de la familia, el matrimonio... y todo aquello que ya no considero posible, al menos en mi vida. Se pierde tiempo con los enamoramientos, banalidades típicas de la adolescencia; aunque es cierto que en los regodeos del esparcimiento sensual se encuentra el verdadero misterio. Prefería deambular del conocimiento al orgasmo, eliminando el campo costumbrista de la perdurabilidad de las convivencias.

Lo fascinante es la seducción, lo estimulante es el goce. ¿Para qué declararse en mutuo contrato de eterno amor cuando la sustancia impalpable de lo efímero es lo que alimenta la pasión? No podría soportar mirar la televisión al lado de un tipo, noche tras noche, mientras masticamos como monos un puñado de cacahuetes. Siempre fui muy madura para elegir la soledad, y de vez en cuando alquilar un buen amante podía ser muy excitante para la inteligencia, justo en el intermedio en que decidía cambiar de modelo de consolador, y más tarde lo escogía en el *peepshow* de la esquina.

Entonces acudía al delirio, contratado el amante, me inventaba una trama, ardides incluidos, pero asumidos con sinceridad. En una palabra, fingía que me enamoraba, o quién sabe si mi otro yo amaba de verdad. Los tipos terminaban siempre por defraudarme, aburrida de sus actitudes evidentes. La evidencia mataba el entusiasmo, era tan obvio como que mi abuela dejó a mi abuelo a cargo de cinco hijos para largarse a hacer teatro. Y con mujeres, ah, esa facilidad de sofisticar las perseverancias con ambigüedades resulta tan antiguo y ruinoso, tan poco convincente desde el punto de vista de que la ternura es más ambiciosa que el deseo. Nunca me había decidido a acompañar mi vida con personas de mi mismo sexo, pasados los albores de la seducción, el amor muta en obsesión, y la dulce persuasión en posesión. Lo peor es cuando ellas se empeñan en superar en dominio a los hombres. Imposible, cómico. Yo me hallaba en el medio. Abierta a lo posible, sin esfuerzos. Intrigada por la muerte. Dadora de placer, en cuerpo y escritura. En espera del alma capaz de comprender la mía. Cuerpos, ah, cuerpos, que sobraban en mi cama. Nada más vacío que un colchón repleto de carne hambrienta. Era una experta en deshacerme de las sobras, y vencer, otra vez sedienta e infinita, a la fuente que —contradicción imposible de eliminar— colmaba mi sed.

Retomé la correspondencia abandonada en el escritorio, sin abrir. Releí el nombre del remitente de una de las cartas, era el del editor. Optimista, rasgué el sobre:

Mi reciente amiga:

Tu novela sobre el exilio no deja de resultar inteligente, aunque menos interesante de lo que esperaba. Aunque advierto demasiado sufrimiento gratuito, y los lectores de hoy no desean sufrir extra, más de lo que ya les impone la realidad.

Me anuncias una novela sobre la guerra, ¿cuál de ellas? Por favor, nadie quiere saber más de novelas sobre guerras. Ya la guerra es asunto de pasarelas, ¿has visto el videoclip de Madonna, aquel de los tanques en medio de un desfile? Exageraba, como siempre.

Te recomiendo enardecidamente, si queremos, tanto tú como yo, entendernos, que te pongas, como ya te dije personalmente, a escribir una novela de amor, tirando a lo erótico. Narrada en primera persona, porque deberás implicarte, por supuesto, esto le añadiría ese plus *de morbo necesario que los lectores demandan.*

Si sigues mi consejo, conseguiremos un bestseller, *y quién quita que hasta un premio literario. Para eso hay que apurarse, pues deberíamos presentarla a un concurso.*

Tomé lápiz y mi cuaderno de notas, y rasgué las primeras líneas de una novelita erótica.

La mujer terminó de ordenar la ropa en el interior del maletín y por último guardó los zapatos de baile en el interior. Luego se dirigió a la cocina y revisó dentro de las cazuelas para confirmar que Peter las había fregado antes de acostarse. Fue al cuarto. Su pareja —sin casarse— dormía aún. Ella se acercó para besarlo, él se volteó del lado contrario, rechazándola. Desanimada, prefirió evitar la despedida. Antes de cerrar la puerta con cuidado de no hacer ruido, esperó unos segundos para comprobar que Peter no se había despertado, ni siquiera movido. Canela desapareció en la penumbra de la escalera. Tuvo que aguardar a llegar al piso inferior para encender la luz.

A tientas, palpó la pared buscando el chucho de la electricidad; rió bajito, pues se acordó que allí no se decía *chucho*.

—Interruptor, no seas bruta, Canela, interruptor —repitió a ciegas.

En lugar del chucho, sus dedos encontraron otros dedos cálidos, entonces su pecho se paralizó del susto. Aunque no vio nada, el sobrecogimiento la obligó a cerrar los párpados, suavemente avanzó. La mano ajena ascendió hacia el cuello, deseó serenarla con suaves palmaditas. Y el aliento del extraño recorrió el perfil de la atemorizada mujer. Luego hubo un vacío, la mano se retiró. Nadie. Canela abrió los ojos, otra vez la oscuridad; por fin accionó el interruptor, y el tenue bombillo apenas iluminó la escalera. Se descolgó hacia abajo, doblado su vientre encima del pasamanos. Nadie. Canela suspiró con alivio, y apresurada descendió los escalones.

Pero tuvo que detenerse, la luz había vuelto a cortarse y esa vez el pie derecho pisó en el vacío, el impulso de la carrera la empujó hacia adelante y cuando pensaba que iría a caer, otro cuerpo la atajó a tiempo y evitó así el accidente. Era un desconocido, la voz templada susurró:

—Si no quieres, no lo haremos. No voy a violarte. Sólo si tú estás de acuerdo, si me lo pides, te haré el amor.

—No quiero, por favor, no quiero —respondió en vilo, temiendo más a la violencia que al sexo.

La dejó libre, sus ojos acostumbrados a la oscuridad pudieron advertir un halo nacarado contorneando una figura; en el zaguán alguien encendió de nuevo la lámpara de techo. Corredores y escaleras se hallaban desiertos. La mujer ganó a prisa la calle. ¿Y si hubiese dicho que sí? ¿Si hubiese aceptado que le hiciera el amor, mejor dicho, que la violara? (aunque él aseguró que no la violaría), se preguntó con los ojos empequeñecidos por el penetrante resplandor de Sevilla. Vamos, niña, no fue nada. Ni ha venido nadie. Estás impresionada, es todo.

En la calle, los transeúntes se hacían raros. Los viernes la gente se acostaba tarde, bebían toneles de cerveza y pachangueaban en el botellón, por lo que eran remolones para mañanear. De frente a ella se aproximó una chica rubia, las ojeras le hundían las mejillas, tenía boca de estupor, o de mamadora veloz, de esas que le sacan la leche a los tipos en cinco chupadas, unas auténticas exprimideras Moulinex. Le gustaba esa muchacha. ¿Qué pasaba con ella? Ya apenas reparaba en los hombres, hallaba a las mujeres mucho más atractivas e interesantes. Mayor misterio, mejores palos. Con ellos ya sabía: ellos olfateaban, degustaban y, repugnados, buscaban otro dulce más almibarado. La cabeza se le estaba desbordando de colibríes. Por culpa de pensar en las musarañas, llegaría tarde a los ensayos.

Canela empujó la puerta.

En el escenario, Canela y Juan bailaban, dando la sensación de incitar a la seducción de las sombras, abarcaban el espacio desafío tras desafío. Ella marcaba un guaguancó, hombros y caderas perseguían el ritmo acompasado de sus pies, parecía una lanza ardiente, la pícara mirada dispuesta a atravesar a su pareja. Era evidente que existía entre ellos una encendida atracción, algo más que admiración artística, sentimiento demorado en el devorar. Mientras Canela saboreaba la rumba cubana, Juan la rodeaba en un desaforado taconeo flamenco. En el teatro se encontraban sólo ellos. La danza, tórrida y agónica a veces, las caricias que aparentemente sucumbían sumisas ante el espigueo de los brazos, delataban una dimensión carnal enamorada del crimen. Tanteos, acoso visual, suspiros, respiraciones. Las manos masculinas apretaron y maltrataron sus senos abrazándola desde la sombra. Ella se le pegó al bulto de la portañuela, atrapándole las nalgas de torero, o de negro cimarrón. De súbito, la estancia cambió de tonalidades. Los colores sancochados imperaron, naranjas, rojos, amarillos. El sudor dibujó con gotas el giro de sus cuellos, los rostros se acercaron desenvueltos después de este ajetreo, Juan la besó en los labios. Canela respondió sin esperar que el hombre introdujera su lengua y con la punta serpenteara breve en la punta de la de ella. La música se detuvo.

—Esto no estaba en el programa. —Ella se separó y recogió con una hebilla de carey las mechas revueltas de sus cabellos.

—¿El qué? ¿El beso? —Juan secó su pecho desnudo con una toalla.

—Pues claro.

—Si queremos contar una historia de amor, ¿cómo no terminarla con un beso?

—Vas como loco... Ven, papito, anda, abróchame detrás, se me ha zafado el vestido —le mostró la espalda desnuda—. No creo que podré, Juan, no creo; hace mucho que no bailo.

—Podrás, mujer... Se te ha roto... —Sus dedos recorrieron la hendidura de la espalda—. Creo que... es la cremallera, se descosió.

Pura mentira, pensé.

En la inauguración de la exposición a la que fui anoche, varias personas se mostraron interesadas en conocer el tema de mi próximo libro, así se presentaba de aburrida la situación. Mentí diciendo que no escribía nada desde hacía meses, porque simplemente me dedicaba a vivir. «Estoy en plenas vivencias, ¡¡¡como nunca!!!», afirmé exagerando la cantidad de signos de exclamación con muecas de satisfacción. Mantenida del aire, y por algunos ahorros, claro está. Nadie lo creyó. Pero no iba a ponerme a contar que la ansiedad de la soledad me había dado por escribir para un editor que pensaba vender millones de libros, y para el cine, si conseguía tener éxito. Aunque ninguna editorial me había pedido ningún libro, ni ninguna productora el guión de la posible novela ni mucho menos ningún cineasta de renombre se interesaba en mi obra, bueno, tampoco había escrito el libro. Mucho menos añadí que estaba deseando cantar, sí, claro, hacer un disco, que vistos los tiempos que corren, no tiene por qué tener relación con saber cantar; deseaba cambiar por un tiempo la palabra escrita por la voz, grabaría un disco bien ruidoso, de perreo puro, la música cubana ya era cosa *demodé*.

No dije (¿para qué?) que me deprimía con frecuencia, y que entonces devoraba cartuchitos de pistachos mientras releía los libros de siempre, o invitaba hombres a mi nido como quien pide por teléfono una pizza Hut. Los curiosos me dejaron por incorregible ante mi escasa sociabilidad y se lanzaron a las bandejas a arrebatar empanaditas chilenas, piscolabis de toda clase, y a libar vino tinto; imitaban a falsos filósofos extraviados, hoy todo el mundo trata de colgarse el cartelito de filósofo, y si es *novísimo*, mejor. Yo alcancé una copa del vino blanco que acababan de sacar los camareros. Las innumerables bocas que jactaban y tragaban sorbos de sangre de toro en primer plano constituían un espectáculo más relevante que la pintura misma.

Me puse a dejar pasear, casi tumbar, mi mirada, como quien no quiere la cosa, por el espectro de hombres. Casados o maricones. No es para menos, es que con tanta tortillera de negocios, antipáticas y bambolleras que se están cultivando como pangola en la actualidad, no hay otra solución: los pocos hombres que quedan optan por cambiar de bando y meterse a pájaros. Yo misma, si fuera hombre, no jodas, si por casualidad del destino se me cruzara en el camino una bomberaza de esas resuelvelotodo, un *ello* en potencia, coño, aunque tuviera el físico despampanante, no digo si sacaba licencia para cherna con las bases llenas.

Al poco rato de andar yo embelesada con la caza y captura de especímenes masculinos, desde la entrada Liú agitó su mano enguantada en un saludo rimbombante. ¿De qué venía disfrazada esta vez? De pinga. No, no quise decir que ella estaba de pinga, o sea, buena, o mala; no describía su presencia, ni siquiera la situación. Liú lucía un atuendo de pinga. O sea, envuelta en un gigantesco preservativo de goma con dos huecos para los ojos, y dos a la altura de los hombros para estirar los brazos hacia afuera. Liú no tenía parangón en sus excesos, ni comparación con nada del mundo real. Ella era en sí una circunstancia muy circunstancial.

—¿Qué hiciste anoche, además de masturbarte? —preguntó una vez junto a mí; bizqueaba avorazada por abarcar el panorama completo.

—Leí, escribí un poco... Dormí, por fin dormí. ¿Qué te pasa, cuándo carajo vas a madurar? ¿Por qué te has vestido como una mona fálica? Esto no es un carnaval, que sepa yo.

—Preparándome para mi próximo personaje. El de una puta mártir. Es tremendo, muy triste, diría que agotador, pero fascinante. Al final muere, ahogada, o envenenada, ahora mismo no me acuerdo, por sí misma, o sea, un suicidio. Se llamaba Ofelia. Dicen que fue muy famoso el escritor que escribió sobre ella...

—Sigue siéndolo...

—¿Qué, quién?

—El escritor, sigue siendo célebre. Pero, explícame, ¿qué tiene que ver Ofelia con disfrazarte de tolete?

—El tono morado, cuando Ofelia se vuelve morada, obligado. ¿No son las pingas moradas cuando se ponen erectas? Y tú, ¿cuándo vas a escribir algo que te haga superfamosa? Un novelón de esos traducidos a un millón de idiomas...

—Querrás decir del que se vendan un millón de ejemplares...

—Tú me entendiste... Y que te inviten a ese programa de Bernard Pivot, tan culto, o al de Oprah Winfrey, y el del alemán aquel, Michael Raichnick, creo que se dice así. Thierry Ardisson no está mal, pero, chica, les hace cada pregunta a las mujeres, que se las pone en China, las lleva contra la tabla...

Liú enfocó al único hombre solo que en ese instante traspasaba el umbral. Bien parecido, elegante, seguro de sí mismo.

—Con dinero —suspiró mi amiga.

Pero él no la miró a ella, sino a mí, aunque cambió de objetivo en seguida para posar sus pupilas pardas en una rubia delgada, más joven, más tetona y más fondillúa que nosotras. Dejé a Liú especulando con el arte, fingiéndose la culta. En realidad, trataba de tumbarle el marido a una pianista de pelo grasiento y dientes botados, obsesionada ella, a su vez, por sacarle un artículo sobre su mano melodiosa al crítico de música del periódico local más importante: Ido Vuelta, que firmaba la columna más sonada de música y de peluquería.

Sabía estos detalles porque hubo una vez en que viajaba cada dos semanas de París a Miami, eso ocurrió durante algunos años.

Los cuadros no emocionaban, no infundían ni una pizca de vibración, ni goce, ni odio, nada del otro mundo. Decoración a pulso, banal sofisticación de desperdiciar óleo y tela. Mediocridad comercializada. Pensaba marcharme rápido, luego de dar un último rodeo, cuando el solitario me propuso al oído que nos escapáramos a cenar.

—¿Y después, qué? —reté, adivinando sin embargo la ruta y el rumbo al finalizar en el restaurante.

—A donde tú quieras.

—Suelo irme temprano a casa y muy tarde a la cama.

—¿Acompañada? —La gente empezaba a espantar la mula, alguien lo empujó por detrás y él pegó su cabilla enhiesta contra mi muslo.

—Sola. Salvo sublimes excepciones.

Me apretó la mano dentro de la suya y no pude evitar el erizamiento. Soy muy emprendedora. No ando buscando al príncipe azul. Sólo ambiciono a un tipo que a su vez ansíe acostarse sin remilgos, y que en lugar de despacharme sus frustraciones, me remueva cielo y tierra, y como en un rock and roll me tire al techo de la gozadera. Sin mayores estridencias. Lo de la eterna pesquisa del alma gemela entra en contradicción con mi percepción del goce, ya lo señalé antes.

Cenamos en un restaurante tailandés, muy de moda. Por suerte, la música sonaba bastante floja, a reminiscencia oriental; gracias al Santísimo, no comían latinos gritones. Él habló lo mínimo, y ni siquiera recuerdo lo que dijo. Su boca, mejor dicho, su lengua, era lo único que yo intuía moverse, puesta en la mía, o en mi sexo, más tarde. Tampoco yo expresé nada superfluo, ni una palabra sobrante. Los sentimientos bullían aglomerados en el deseo, y yo exigía que él fuese lo suficiente sagaz para adivinarlos.

—No tengo tiempo para sanacadas, papito, me muero por singar, ¿okey?

Las paredes de vidrio de su apartamento daban todas al mar. Me perturbaba hacer el amor con el bramido del océano como fondo. Parece que declaré este inconveniente en alta voz, pues él, atento, se apresuró a correr las cortinas y a poner un disco de Marta Valdés. Bolero. Premeditación alevosa. Resté el primer punto. Poco original, más bien se veía venir, se podía adivinar, cantado, oye. Hubiese preferido flauta y cítara. Pero soy muy majadera, cada vez más, y procuré no hacerme caso. Debería haber seguido mi instinto y decirle adiós en el tercer acorde de la guitarra.

—¿Qué haces?

—Te vacilo.

—No —rió, embarazado con mi respuesta—, que a qué te dedicas.

—Escribo.

—Ah, eso. Escribir siempre es saludable. —No sé si se burlaba.

Buen síntoma, me matan, o sea, me ganan, los hombres que no me toman en serio. Nunca, para nada. Mejor dicho, sólo un poco. Esa misma noche empecé a escribir otra novela erótica (por un error de máquina casi escribo herética o errática. El teclado es en inglés, y para poner los acentos debo apretar Alt y luego una combinación de números, por ejemplo Alt 160 para la A acentuada, y así, Alt 161 para la I acentuada). Inicié una novela erótica para ver si me ganaba el premio prometido por el editor, y me hacía famosa, como deseaba Liú. Y yo, para qué simular, continúo evitando las palabras acentuadas para ir más rápido, es la razón por la que no iré muy lejos.

Hallé una nota escrita hace años.

No puedo ahora escribir, si no es con la televisión encendida; el barullo me ayuda a encontrar la frase adecuada. Dentro de la pantalla, Laura Bozal, la presentadora latinoamericana, enfrentaba, mejor dicho, ponía a boxear a una madre con su hija adolescente, que no ansiaba más que parir —dado que no había podido abortar y su estado era demasiado avanzado para un posible aborto— para botar al crío en un inodoro y halar la cadena.

¿Cuántos telespectadores estarían enganchados al canal en ese instante? Millones, sin duda.

—¡Paaaaauuuuusa y volvemos! —escandalizó Laura Bozal.

Un horror. Apagué el televisor.

Conocí a una muchacha que con lo único que soñaba era con hacer una exposición, y que los críticos repararan en la profundidad de sus cuadros. Ninguno de ellos, tan afanados en masticar empanaditas, apreció esa profundidad, más bien ni siquiera se dieron cuenta de que la tal profundidad existía.

Los días pasaron y al constatar que ningún periódico hacía referencia a la hondura reflexiva de su obra, la pintora se lanzó al vacío, desde el piso más alto de un rascacielo neoyorquino.

Al día siguiente, los periódicos se limitaron a comentar el suicidio, y tampoco nadie interpretó ese gesto simbólico de saltar al abismo y de zambullirse en la aglomeración de la Quinta Avenida, a las cinco de la tarde. El cinco siempre me ha parecido un número demasiado profundo.

La joven padecía la obsesión de profundidad. Y es mentira, jamás me crucé con ella. O sí, con su espíritu. En un cuento de Patrick Süskind, publicado por un diario español hace ya varias décadas.

Sí, escribiré una novela erótica. El placer aterra a los terroristas.

En el café, dos o tres ancianos conversaban animados acompañando al dueño en la barra. En una mesa al fondo, Canela y Juan reposaban del ensayo. Había sido una jornada dura.

—Tienes que decidir rápido si te vienes o no, Tom Bent espera la respuesta, y puede resolver con otros bailarines, quiero decir, podría elegir a otra, te perderías la oportunidad de tu vida. A mí me gustaría hacer esto contigo.

—A mí también, pero no voy a dejar a Peter. Lleva, ya sabes, dos años sin hacer una bendita foto, nada, que el pobre anda mal... Y yo, ya te dije, hace mucho que no bailo.

—Tráetelo... A tu Peter, digo. En serio, a lo mejor va y encuentra trabajo por allá...

Canela tartamudeó, entristecida:

—No, ni loco vendrá. Hace un montón de tiempo que, que... pues que salió huyendo de allá, no volverá ni amarrado...

—Perro que ladra no muerde. Y tú no puedes hacerme esto, tú tienes que venirte...

—En mi país, *venirte* quiere decir *corrente*...

Canela, maliciosa, desvió la mirada hacia la calle, pero continuó:

—Tú sabes que bailar era lo primero para mí; ocho años atrás, con veinte años hubiera matado por esa gira. Peter apareció, luego tuvo su problema de los nervios, me da lástima...

—Me dejaste sin palabras, con lo de *venirse* y *correrse*... No me cuquees, que embisto... En relación con el Peter, no sé si te das cuenta de que pareces más su madre que su novia. Pero ¿tú le quieres tanto o qué?

Canela tardó en responder:

—Le quiero, y no sé, le temo, y me da lástima. Tal vez sea cuestión de costumbre...

—Eso no es bueno, chiquilla, no es bueno. El hábito acaba con las pasiones. No sólo le mientes a él, también a ti te mientes. Y la vida es una, no hay más que la que te tocó. Todavía tienes tiempo de triunfar; eres buena, de las mejores, y podrías ser la mejor de la mejor.

Canela sopesaba las palabras de su amigo mientras tamborileaba con las yemas de los dedos en la madera.

—Mira —vaciló, después soltó una risita resuelta—, es más, a joderse, que aquí nunca una sabe cuándo te harán la cochinada y te patearán el culo. Voy contigo y p'a-lante el carro. Si me escacho, ya me sacarás tú del hoyo.

—Así me gusta —le pellizcó suavemente el cachete a la muchacha.

Dos chicas entraron al café y, muy modosas, pidieron permiso para ir al baño. El camarero accedió e hizo un guiño cómplice a los parroquianos. La puerta del baño entreabierta daba a la mesa de Juan y de Canela. Fue ella quien descubrió a las jóvenes besándose en la boca. La trigueña de pelo lacio y brilloso se encaramó la blusa y entregó sus senos de grandes pezones pálidos, la otra chica, espeso cabello castaño, ojos pardos, boca jugosa, los vivió afiebrada y en seguida inclinó su cuello a ellos y su lengua lamió las aureolas. Las manos descendieron y se colaron entre las cremalleras de los jeans, al instante se pajearon los clítoris. Canela hizo señas a Juan para que también rescabuchase. Juan asintió, tranquilo:

—Las estoy partiendo a través del espejo situado a tus espaldas.

Ambos se percataron de que tanto el camarero como los ancianos fijaban ansiosos sus pupilas en el azogue. Al sentirse advertidos, el camarero acudió a su mesa con el pretexto de llevarles vasos con agua.

—Son asiduas —arguyó con los dientes apretados.

—Querrás decir que son exhibicionistas. —Y al decir esto, Juan notó que una de ellas le dedicaba un guiño.

El camarero asintió.

—Puntuales. No fallan. Les encanta que las observen.

—No fastidies. —Juan intercambió una sonrisa con la otra.

Las tortas gozaron hasta que se cansaron. A Canela dejó de atraerle aquello, sus dedos jugueteaban con las puntas de la servilleta, la expresión dura. Juan le levantó la cara tomándola por el mentón, entonces exigió conocer el origen de su angustia.

—No voy a repetírtelo, que te vas a aburrir con mi candanga. Me gustaría poder convencer a Peter para que vaya con nosotros... En serio, puedo hablarle... Quizá dándole por la vena de la nostalgia... —Canela reflexionaba en voz alta.

—Irá, me la juego —susurró él.

—No tienes ni idea de lo terco que es.

Al pasar junto a la mesa de ambos, las muchachas palmearon confianzudas en el hombro de Juan.

Canela, sin embargo, fingió que no reparaba en ellas, sencillamente estaba demasiado embebida en sus planes de embarcar a Peter.

El avión donde viajaban Canela y su marido acababa de aterrizar en el aeropuerto de Heathrow, la pareja recuperó sus valijas y después de pasar los controles y la aduana se hallaron desorientados entre el gentío. Ella buscó con la mirada entre las personas que empuñaban pancartas de bienvenida.

—¿Tu bailarín no dijo que vendría a recogernos? —provocó él en tono desagradable.

Canela avanzó sin responder hasta la parada de taxis. Acomodaron el equipaje en el maletero, la atmósfera no podía ser más densa. En el interior del auto, Canela dio la dirección al chofer. El vehículo echó a andar y se hizo un largo silencio, ella comprobó que Peter observaba indiferente a través de la ventanilla.

Al rato, Canela intentó animarlo:

—¿No te emociona regresar, volver a encontrar a tu gente? Aunque no quieras saber nada de tu familia. A mí sí me gustaría conocerlos.

Peter negó despreciativo, con la vista perdida en el paisaje.

Canela insistió, obstinada:

—Creo que deberías hacer un esfuerzo... Al menos por mí... Uf, es que, desde luego, cuando te empecinas eres un asco.

El chofer pakistaní entendió la frase de la mujer e intercambió una sonrisa irónica con el espejo, o con ella, como diciendo que todos los matrimonios —aunque no estaban casados, él no podía saberlo— que alquilaban su taxi eran iguales de mortalmente previsibles.

Parqueó el vehículo frente a un inmueble de la avenida Richmond. Pese al barrio elegante de Chelsea, el edificio lucía modesto, pero cuidado y limpio. Canela y Peter recuperaron el equipaje, pagaron al chofer y desaparecieron por la puerta pintada de un anaranjado frenético, en espera de la pintura definitiva. Canela se mostraba entusiasmada, muy contenta; a Peter, refugiado ya en el interior, se le notaba menos apesadumbrado, aunque su cuerpo se movía con lentitud cansina.

Era casi el final del invierno, en todo caso, no hacía mucho frío. Aunque en esa parte de la ciudad, las calles exhibían la belleza provocadora de jóvenes transeúntes, en su mayoría apresurados, envueltos en largos abrigos de lana o cachemira, o luciendo capas de terciopelo negro, la moda a lo lord Byron.

El apartamento, muy luminoso, poseía el espacio adecuado. Sala, salón, comedor, dos cuartos, cocina grande, dos baños. Canela recorrió con visible alegría las piezas vacías, tibias por la calefacción recién encendida. Peter comenzó a colocar las maletas muy ordenadas en el suelo y después estudió, escéptico, el piso. Esta manera de encarar la novedad inquietaba a Canela, hizo un esfuerzo y le abrazó, efusiva:

—¿No te gusta? Podré instalarme en el saloncito, para mis ensayos. En uno de los cuartos montarás tu laboratorio fotográfico...

—¿Cuándo te enterarás de una vez de que dejó de interesarme para siempre la fotografía? ¡Joder, qué mortalmente aburrida eres, siempre con ese maldito y frenético entusiasmo!

—Hablaremos de ese asunto luego. Por lo pronto, piensa en presentarme aunque sea a tus amigos, aunque sea a ellos... Y quítate esa amargura, niño, las culpas se pagan después de muerto. Y tú estás vivo.

—Todo se paga aquí, Canela, en este mundo. Se descansa de la fatiga mayor, de la última, eso es la muerte, el fin del cansancio.

—Uy, qué filósofo, tú. —Canela acostó una de las valijas.

Peter prefirió callar; asomado a una de las ventanas, observó melancólico hacia la calle. Al rato, sonó el teléfono situado en una esquina, la mujer se precipitó sobre el aparato.

—Hola, Juan... No importa, hemos llegado sin problemas, no te preocupes. El apartamento es una maravilla. Estamos... —Peter hizo un gesto de disgusto—. Ejem, estoy fascinada. Bueno, este Tom Bent debe de estar muy interesado en nosotros, cuando se empeña en mostrarse tan espléndido... Mañana, a las diez, claro, pero esto aquí no está amueblado... No hay cama, ni nada, quiero decir...

Mientras decía esto, unos agencieros de mudanza sonaron al timbre de la puerta. Canela pidió mediante gestos a Peter que abriera. Los obreros, cargados con las partes de una cama y de otros muebles, inundaron la entrada de una peste a sudor agrio ligado con cuscús rancio.

—Divino, Juan, eres el mejor. Gracias, nos vemos, chaoíto.

Ella colgó el auricular. Ordenó la colocación de los

muebles. Peter prefirió esconderse en la cocina; era el único lugar apertrechado con todo lo necesario desde antes de su llegada, incluido la máquina friegaplatos. Peter quedó lelo ante el vacío pulcro del refrigerador, tiró la puerta; encendió un cigarrillo y a distancia indagó en las emociones del rostro de la mujer.

Canela cumpliría veintiocho años dentro de poco. Peter la conoció en la calle. Un trío de músicos cubanos acababan de botarla del apartamento que pagaban en común, por no aceptar —según ella— la proposición de cambiar su parte del alquiler por tres mamadas de pinga sucesivas. Dentro del enorme bolso, Canela sólo llevaba una manta para taparse del invierno, y buscaba un banco de parque para tumbarse a dormir. Era muy joven, y siendo bailarina había venido desde La Habana en una gira artística. Decidió quedarse a vivir en España, enamorada de un madrileño, quien, después de singársela de todos los colores y en todas las posiciones, la botó como a una perra argumentando que era casado y que no se sentía capaz de asumir el riesgo de destruir su matrimonio. El trío de músicos la recogió hasta aquel día en que Peter se tropezó con ella. Sólo fijarse en su carita de animalito friolento y maltratado y sintió un cosquilleo entre el ombligo y el pene; inmediatamente después, ganas de estrangularla.

Su piel nacarada brillaba sobre todo en la zona del cuello, el pelo rizado muy largo tocaba con sus mechas la pandeada cintura; ojos muy negros, nariz graciosa, labios descarados y carcajada contagiosa. De estatura mediana, tetas grandes y puntiagudas, culo parado, de esas nalgas duras que dan ganas de azotar, muslos lisos y largos, vientre suave y ondulante. Se depilaba el pubis con crema Vichy, era su único lujo, y robaba los potes en un entretenimiento de la farmacéutica. Al entrar en el baño dejó la puerta abierta, Peter pudo divisar una crica de adolescente, con los bembos sombreados y abiertos.

Canela se sintió observada, celada, uno de los agencieros le retenía demasiado tiempo la mano en la suya. Ella la retiró entre turbada y halagada.

El salón era amplio, rodeado de espejos. Juan dirigía los ensayos de la compañía de flamenco, una parte de la coreografía que estrenarían en el teatro New Absinthe del Soho. El empresario Tom Bent, quien los había contratado, contemplaba desde lejos, con explícita satisfacción. Entró en acción el dúo Juan y Canela. Tom Bent pronunció una frase al oído de su acompañante, uno de sus asociados.

—Son estupendos, sin duda, no hay nada más bello que ellos dos en plena euforia del baile.

Su socio asintió, entusiasmado.

Los demás bailarines sucumbieron al reposo, reclinados en cojines regados por el tablado del escenario. Juan y Canela continuaron con el ensayo. Roces de cuerpos, manos entrelazadas, miradas ardientes, retadoras. Bocas gimientes, labios muy juntos, cuerpos apretados, piernas que se entrelazaban. Sudores, pieles bajo los efectos de las luces, caderas, pelvis, nalgas, cinturas. Gemidos apasionados, resultaba evidente que Juan y Canela se deseaban, imbuidos uno y otro por la sensualidad y el arte.

Se había hecho muy tarde. En una de las oficinas del teatro, Canela llamaba por teléfono a su casa.

—Peter, Peter, ¿no estás? Okey, parece que has salido. Te llamo, mi cielo, para prevenirte de que llegaré hacia medianoche. Ya terminé, pero Juan quiere hablarnos a todos, organizar bien el estreno; luego iremos a un café, a relajar un poco... Si has visto el dinero que dejé en la cocina, compra algo de comer, porfa. Besos, mi vida...

Colocó el auricular, y salió del despacho. Lentamente, masajeó su cuello, estiró los brazos, se dirigió por un corredor de paredes cubiertas de cortinas de raso hacia la sala de teatro. Entonces, el ambiente se enrareció con un espesor caluroso, como de nata babosa e hirviente. Sumida en la oscuridad, volvió a oír la voz del desconocido aquel en la escalera de su edificio en Sevilla.

—Soy yo. El mismo. Nadie. Dime solamente si te gusta lo que te haré... —la voz caldeó el ambiente.

Acorralada contra la pared, permitió que el desconocido besara sus labios mientras frotaba su clítoris con el dedo del medio, que chorreaba miel. Canela no temió, esta vez lo besó, y su entrepierna cedió rápido. Acarició la cabeza del hombre, y descubrió el abundante pelo ondulado encima de los hombros. Él se arrodilló y apartó la falda de gasa, hundió su lengua en la chocha húmeda. Chupó la pepita y ella se vino, reprimiendo los gemidos. El hombre se apartó bruscamente de Canela y huyó hacia el fondo del pasillo. Ella avanzó en sentido contrario, buscaba siempre hacia el sitio por donde desapareció el espíritu.

Juan le salió al paso, intentaba asustarla. Ella pegó un grito, sólo por complacerlo, y le dio un manotazo en broma.

—¡Ay, no te me hagas el bobo! —fingió que nada sucedía.

Él la estrechó por la cintura mientras acudían al lunetario.

—¿Estás contento? —indagó en sus ojos para descubrir un elemento que lo delatara como el autor del acoso del que acababa de ser víctima consentida, o de experimentar incluso con todo el goce del que era capaz.

—¿Y lo preguntas? Es vivir el sueño, ¿te das cuenta?

—Sí, chino, claro que me doy cuenta. Si no fueras como un hermano para mí, te daría un beso ahora mismo en esa bemba rica. —No, se dijo, no había sido él.

—Dámelo ya, mujer, dámelo.

Intentó abalanzarse sobre ella, escapó, él la persiguió. Las carcajadas de ambos irrumpieron en el salón donde Tom Bent hacía su propia presentación frente a la compañía, saludaba sin embargo brevemente a los bailarines.

—No es la primera vez que nos vemos, es más bien la segunda. Aunque la primera vez era más bien yo quien los veía, y me enamoré de inmediato de ustedes. No hace mucho que poseo este teatro, y estoy seguro de que juntos haremos algo muy tremendo. Todos, y especialmente con Juan, con Canela...

Clavó la vista en la mujer, seguido de un corto silencio. Ella no disimuló su turbación. Juan se dio cuenta de que el empresario flirteaba, e intervino.

—Señor Bent, usted es muy amable, estamos muy agradecidos...

—Ya te dije que podíamos tutearnos, Juan. Sólo tengo cincuenta y dos años. —Luego habló a Canela—: Te portas, diría, que demasiado educada, para bailar de manera tan indecente... ¿Son así las cubanas?

—Anda ya, muñeco —ironizó—. Sólo soy educada

con las personas a las que apenas conozco. Hasta aquí, usted y yo, sólo habíamos hablado menos de dos segundos. Al cabo de los cinco minutos suelo ser muy grosera, y una verdadera bestia lujuriosa, ¿no es cierto, muchachos? ¿Para qué me pregunta cómo somos las cubanas, si usted ya se imagina cómo somos? Cuidado con lo que se riega y se comenta de nosotras, no se queme, mire que hay excepciones.

Increpó a la compañía, los demás asintieron en son de broma. Tom Bent, divertido, asumió el chiste sin perder la compostura. Juan encabezaba la chacota general, que duró poco, pues Tom Bent interrumpió con un seco *stop*, e inmediatamente exigió seriedad; excusándose, dijo que debía asistir a una cena y que aprovechaba para desearles suerte, y despedirse con un lacónico y cómico adiós.

Nota del editor:

Estimada amiga:
La novela erótica continúa en su aparentemente imparable curva ascendente de ventas, aunque te recomiendo que te apures en escribir y terminar la tuya; aquí no hay nada seguro, y el mercado puede variar de un día a otro. Ya se comenta de un posible auge de la novela policial.
En espera del manuscrito, quedo de tus manos pendiente.

EL EDITOR

Escribir y sentir.

Su nombre, creo: Richard Soler. Hotelero, ¿o constructor de hoteles? ¿Estaré volviéndome sorda o amnésica? Treinta y seis años, ¿o treinta y nueve? Fue todo lo que alcancé a archivar en mi mente atiborrada de boleros. Menos mal que sus manos balsámicas palpaban con pausado vaivén, de modo femenino, y no tuvo ningún reparo en mamar, y luego me dio por el culo, aunque le alerté confesándole que aún me quedaba un día y medio para que se me terminara la regla. En apariencia, no estaba defectuoso, abusaba inclusive de galanterías, sin caer en lo meloso. A un tanto de la perfección. O sea, casi irritable. La dificultad consistía en ese excesivo fanatismo por Panchito Riset, cuyas composiciones —admito— me deleitan enormemente, sin embargo, siempre pongo la barrera, marco el límite; ningún bolero perjudicará mi existencia al punto de embobecerme enamorada ante el primer energúmeno que jura que el mayor placer de su vida será prepararme el desayuno. Era la primera noche de unas anheladas vacaciones.

Esperé a que se perdiera en la cocina; mientras exprimía las naranjas, me vestí a la carrera, y eché un pie con los zapatos de Jimmy Choos en una mano y la cartera de Prada en la otra. (Es «tendencia» mencionar las marcas en las novelas.) En el ascensor, sentí pena por él, porque antes de la fuga pude oírle iniciar una conversación muy familiar, conmigo, por supuesto, donde me contaba que acababa de separarse de su mujer, y que estaba embarcado hasta la médula, que este segundo naufragio le costaría un huevo. Dinero, siempre el dinero. Y sobre todo, el dinero mal empleado, a mi juicio.

En la acera, la brisa jugueteó entre mis muslos, refrescándome el pubis, había olvidado el blúmer de Victoria's Secret arriba, y al menor movimiento se me marcaban las nalgas debajo de la seda negra del Armani. No me agrada olvidar prendas íntimas y caras en camas ajenas, más bien me pone paranoica; cualquiera puede hacer una brujería y jorobarme la existencia hasta el final de mis días. Titubeé, indecisa, si regresaba o no a por mi braga, cualquier pretexto sería creíble cuando los demás necesitan creer a todo precio. ¿Estoy siendo cínica? Por supuesto. La «tendencia» es el cinismo a pulso.

Subí, la puerta seguía entreabierta. Entré en puntas de pie, en apariencia, el anfitrión no se había movido de la cocina, tostaba pan, embadurnaba las tostadas en mantequilla y mermelada de fresa, batía huevos con ruido exagerado. Mucho menos se había percatado de mi efímera ausencia, o fingía, enfrascado en su heroicidad de preparar el desayuno a una amante. Los hombres exageran los efectos sonoros y visuales siempre que se dedican a hacer una obra que ellos consideran únicamente del orden femenino. Si van a cocinar, ponen al tanto al vecindario con el estruendoso movimiento de las cazuelas y la salpicadera del aceite; para colmo, no sé cómo se las arreglan, pero invariablemente para perder el tino y manchar la pared recién pintada. Si lavan la ropa sucia, inundan la casa de agua, y si pudieran, tenderían las prendas en una soga desde la Bastilla hasta el Empire State. Bambolleros como son.

Tuve tiempo de encontrar el blúmer, pero cuando iba a huir de nuevo, su voz se aproximaba, y me acosté, tapándome de pies a cabeza para que no se diera cuenta de que intentaba fugarme, además de que por primera vez en mucho tiempo sentí vergüenza, y hasta me invadió un sentimiento lastimero, y de la lástima al enamoramiento no se miden muchos pasos. Era un hombre bello, incluso acabado de levantar era atractivo, vestido con un *peignoir* de seda azul zafiro, calzaba unas sandalias ligeras, bordadas a la *chinoise*, demasiado femeninas para mi gusto. Preguntó si me sentía bien o mal, si tenía frío, ¿por qué razón iría a sentirme mal? Contesté que mi salud no podía ser mejor, pero que sin embargo la climatización era enemiga de mis amígdalas. Apagó el aire acondicionado y se hizo un silencio delicioso y añorado, que duró muy poco, pues él consideró imprescindible que yo escuchara otro disco de boleros de María Marta Serra Lima. Si hubiese poseído una pistola, a esta hora yo estaría en la cárcel, y él en la tumba.

Desayunamos en una mesa ovalada de caoba adornada con flores silvestres. Por suerte, mientras conversábamos de lo humano y lo divino, o sea, de su mujer y de sexo, la música terminó más rápido de lo esperado y lo soportado. Richard preguntó más de diez veces si el revoltillo había quedado exquisito. Delicioso. Después, cinco veces de manera diferente, si tenía hijos, y si me gustaría tenerlos.

—No tengo, pero me fascinaría, claro, parir dos o tres; cuando haya perdido el tiempo lo suficiente para dedicarme a ellos. —Es cierto que miento peor de lo que desearía.

—Soy papá de dos monadas. Uno de siete meses, otro de dos años.

—No niego que algún día me gustaría extasiarme viendo crecer a unas criaturas misteriosas. Aunque con los horrores que suceden a diario en el mundo, me da pavor dar la vida a inocentes.

—El mundo siempre ha sido el mismo. No hay que sobrestimarlo. Ni dejarse vencer por la rutina.

—Cierto. —Desde luego que le resté diez puntos por esas frases salchicheras dignas de redactor en jefe de un periódico tercermundista.

Al rato, sirvió el café en las dos tazas de porcelana inglesa. Evitó mis ojos, lo contrario de lo que había hecho hasta ese instante, y me planteó que debía irse a la oficina, y que por esa razón yo debía marcharme en breve. Era lo que yo estuve ansiando hasta que él me lo pidió. Ahí cambió todo. No puedo admitir que me boten como a una perra, y menos en forma tan fría y calculadamente galante. Mis nervios se pusieron de punta, como las lanzas de Paolo Ucello, pero intenté tranquilizarlos tarareando un mantra.

Aparte, ése es el primer síntoma, el primer detonante para que yo afile las espuelas, me transforme en un gallo de pelea e inicie el duelo. Una batalla campal que no termina hasta que el contrincante se rinda a mis pies, y ya después, fatigada de verlo humillado, lo abandone moribundo en la arena. Lo peor es que las energías que esto conlleva son numerosas, y por épocas suelo incluso confundir la brutalidad con el amor.

Tomé su tarjeta por decencia, al salir la dejé caer en el mármol del suelo con toda intención, para que él mismo la descubriera y sospechara mi intención, que yo la había perdido por azar, distraída que suelo ser. Copió en su agenda numérica el número de mi celular. Estaría obligado a llamarme, si es que se interesaría en hacerlo.

En la calle, empecé a roerme las uñas; ya estoy grave, me alarmé. Llamé a Liú.

—Necesito verte, creo que me metí en un lío. Conocí a ese hombre de ayer, nos acostamos. Y bueno, hace diez minutos que me comporto como una mamífera en celo, pero con sentimientos.

—Bueno, es lo que somos, para ellos, quiero decir. Nos vemos en el Noy Café, ¿dentro de media hora?

—Dame un poco más de tiempo, en lo que llego a casa y me cambio de ropa. Creo que debo renovar mi ropero —excusa perfecta para olvidar a un tipo.

En la casa revisé el respondedor automático, nada distinto. Llamadas de hombres cuyos nombres apenas evocaban una mancha de vino en el tapiz, un cigarro mal apagado, los calcetines agujereados, el calzoncillo descolorido. Pequeñas miserias. Borré los mensajes.

Borré las huellas.

E-mail del editor:

Estimada amiga:
La demora en entregar tu boceto de novela ha sido tanta
que, ya te prevengo, esta novela erótica no tiene mucho sentido
publicarla ahora. Vivimos una época de frigidez, de impotencia
y de Viagra. Fíjate que hasta han cancelado el Premio La Son-
risa Vertical.
Te sugiero, y tómalo como ruego, que transformes, si fuera
posible, lo erótico en policial. Lo policíaco de izquierdas está de
moda, vende muy requetebién. De cualquier manera, todo lo que
sea de izquierdas, en arte, comercializa fenomenal. Tengo ami-
gos artistas de derechas que se han pasado momentáneamente a
la izquierda sólo para darle camino a un montón de obras acu-
muladas en gavetas y sótanos.
Y ya preguntarás, ¿cómo se convierte uno a la izquierda?
Sencillo, vistes a uno de los personajes con una camiseta del Che,
y te pones a regar entre la intelectualidad progre que donarás tus
derechos de autor a una ONG, paripé, claro. Pero funciona.
Un abrazo, en espera de la novela erótico-policial.

EL EDITOR

En el Soho, Peter vigilaba un edificio desde una esquina, fumaba nervioso. Alterados sus rasgos, resultaba evidente que no deseaba ser reparado por la presencia que sin embargo ansiaba. Por fin vio aparecer en la acera de enfrente a una hermosa mujer de unos treinta y cinco años, acompañada de dos niños: una hembra de alrededor de nueve años y un varón de unos diez y medio. Peter estrujó la colilla del cigarro contra la pared y viró la espalda en ademán de marcharse, no sin antes volver la vista hacia el trío.

Paseaba por las calles desiertas, cuando en un sótano advirtió movimientos de sombras que fiesteaban, le sedujeron las siluetas a través de la débil luz amarillenta. Bajó los peldaños resbaladizos de lluvia y tocó a la puerta, estaba abierta y empujó. En el interior, ya en el salón hexagonal, le sorprendió un vaho seguido de un amasijo que se meneaba al compás de la música tecno. Los ojos perdidos de todos en el placer colectivo. ¿Cómo podía vulgarizarse de forma tan abrumadoramente colectiva el placer?, se preguntó, horrorizado.

Una chica con un escarabajo tatuado en el ombligo y un piercing en forma de ojo de gato que le colgaba del mismo ombligo le invitó a que la siguiera hacia la segunda habitación. Al cerrar la puerta, la música disminuyó.

—Qué buscas? —preguntó en castellano.

—Nada. —Ella dudó, y él aclaró—: Te juro que nada. Sólo me gustó la plasticidad de las sombras percibidas desde la calle, a través de las ventanas. Tómalo como un estudio antropológico.

Sentada en el borde de la cama, la joven extendió la mano hacia él, le ofrecía una pata de marihuana.

—¿No quieres bailar? Me gusta tu camiseta. ¿Quién es, un rockero?

—No, es el Che Guevara. Detesto la techno —absorbió las cachadas y devolvió la pata—. El Che, el Guerrillero heroico.

—¿El qué erótico? —inquirió ella confundiendo la palabra «heroico» con «erótico».

Se encogió de hombros.

—En este cuarto puedo poner la música que me da la gana —aseguró ella.

—Gracias, en general, odio las fiestas de falsos alucinados. Disculpa, pero ahora advierto que deseo estar solo. —Peter escapó, atravesó con dificultad la masa compacta de carne trepidante.

Fuertes convulsiones atacaron a la joven, las actuaba de manera espléndida.

En Chelsea, las calles se animaban con el encanto posmoderno y nostálgico del pop de los años setenta. Frente al sitio elegido por los otros, se despidieron. Fue entonces que, separados del grupo, Canela se enganchó de la mano de Juan, y caminaron animados mientras buscaban un bar agradable, menos *ambientoso*. El tono festivo de las calles denotaba que una onda, más retro que bohemia, retornaba a Londres.

Frente a frente, en una mesa arrinconada, las pupilas descifraban deseosas los secretos de ambos. Canela se empinó la última gota de la copa de vino.

—Es cierto, me siento muy sola. Peter ya no es el mismo. Perdió la plaza que tenía como uno de los mejores fotógrafos de la agencia, y esa desgracia lo hizo enloquecer; vive angustiado, encerrado en su mutismo. De reportero culto a *paparazzi*, no ha sido fácil el cambio. Es insoportablemente cíclico. Me marcho en la mañana y lo dejo acostado, regreso y lo encuentro en la misma posición. Lo llamo y no sale al teléfono. O se ha ido a recorrer la ciudad como un sonámbulo. No aprecia nada de lo que le propongo; ni las películas que a mí me gustan le gustan a él, ni le apetece salir a sentarnos en un parque a disfrutar de... no sé, de la vida...

Juan titubeó, luego decidió tomar su mano, ella la rechazó, él se excusó con un sencillo gesto. Entonces, indecisa aún, Canela colocó delicadamente la punta de los dedos debajo de los suyos.

—Terrible lo que me sucede. Como decías, casi que me he convertido en su madre. Consejos para esto, consejos para lo otro, mimos para que no se enfade demasiado. Sólo me siento deseada cuando bailo... Y cuando bailo contigo. Ahora, te digo, ahora sí que sería capaz de cualquier bobada con llegar a lo máximo.

Él intentó balbucear una frase más elegante que cariñosa; en eso inundaron el lugar los otros bailarines, cantantes y músicos de la compañía. Deshicieron sus manos.

Los recién llegados comentaron que en el bar de al lado se aburrían. Juntaron las mesas y al instante se armó el ambiente de jolgorio. Así y todo, Juan y Canela se susurraban a los oídos, humedeciéndose mutuamente con el vaho de sus respiraciones:

—¿Y la chica que andaba contigo? —fingió ignorancia.

—¿Cuál de ellas? ¿Lucía o Ada?

—Ada fue la última que conocí... La que tenía cara de jodedora.

Juan hizo mueca de insatisfacción.

—Ada, demasiado perfecta en el placer. Maniática de la limpieza, toallas de lujo, sábanas de seda, una enferma... Te refieres a Lucía. ¿No has conocido a Lucía? Todo lo contrario, demasiado imperfecta, una de esas modelos que se creen la última Coca-Cola del desierto... Lo contrario de Ada, puerca hasta decir no más, regada como ella sola, manías de ser violada, sadomasoquista...

Canela simuló no estar de acuerdo:

—No digas eso, Juan... Eran buenas, te querían... No se ve decente hablar así de las mujeres. Las conocí, a Lucía no mucho; aunque Ada fue con quien más simpaticé, no llegamos a profundizar nuestra amistad. Vamos, no te la des de Van Van.

—No veo por qué no se puede hablar *así*, coño, si ustedes no se cansan de hablar mal de los hombres.

—Y con razón hablamos mal de ustedes, ya ves cómo te explayas de tus ex novias, magníficas muchachas.

—Pues mira tú, Ada vendrá dentro de poco, bailará con nosotros.

A Canela se le animó el semblante. Apreciaba a Ada, poseía un sentido del humor muy sencillo, y no la afectaban pruritos a la hora de contar sus intimidades; sin ser vulgar, incluso con una fineza para nada a la moda, ya que lo que se usaba era la mediocridad ligada con grosería, sobre sus relaciones sexuales con hombres y mujeres. Ada había dejado el ballet clásico para incorporarse a una compañía experimental, heredera de Maurice Béjart, donde los presentimientos, sin embargo, importaban más que las peripecias musculares, según ella.

Canela ansiaba hacer una amiga como Ada, el tiempo que habían ensayado juntas en aquella primera experiencia artística con Juan, mezclando estilos de ballet, las había identificado, sin llegar a intimar. Luego Ada se mudó a Zúrich; unos decían que se había emperrado con una suiza tortillera, y otros, que pasaba un curso para trabajar en la Bolsa. A ella le parecía que Ada había deseado alejarse de la fallida relación con Juan.

Juan y Canela conversaron de historias de amor condenadas al fracaso hasta que cerró el café. Decidió marcharse, y por más que Juan insistiera en acompañarla, prefería irse sola a casa. Le costaría dormirse, sí, desde hacía meses dormía mal. Padecía de pesadillas, con callejuelas cundidas de ratas.

Canela se despertó, y de un tirón corrió al baño. Peter espió sus movimientos desde la cama, haciéndose el rendido. Ella siempre dejaba la puerta abierta. Desnuda en el baño, Peter pudo ver el recorrido de sus dedos por su cuerpo enrojecido. Su mujer se masturbaba, las lágrimas rodaban por las mejillas y al punto se evaporaban a la altura de la barbilla, convirtiéndose en humo, como el agua hirviente. Lo que no podía aguantar, Peter, más que el llanto femenino, era la masturbación de su mujer.

Ella pensaba en lo sucedido esa tarde en el teatro. No estaba segura de que el encuentro sexual con el desconocido hubiese sido real. Desde hacía algunos años padecía raros estados de vigilia, incomprensibles momentos de crisis que la obligaban a perder el control de los acontecimientos. No había hecho partícipe a nadie, salvo en una ocasión a Ada, quien le quitó de la cabeza la idea de consultar a un psicoanalista: «Lo único que saben es cogerte el culo encerrada dentro de un armario.»

Sí, aquello fue real, Canela, aclárate los sesos, se dijo. Entonces, ¿quién es, por qué no da la cara? Canela estaba harta de aguantar al soso de Peter, pero le daba pena abandonarlo, al fin y al cabo, se trataba de su esposo. Y si lo hiciera, se dedicaría a imitar a Ada, a gozar de la vida. A convertirse en una verdadera Casanova, coleccionista de rabos, o una Donjuana, lo que sería más sofisticado, porque implica la galantería sin llegar a nada, o sí, a la muerte proporcionada por el placer y la pendencia. Un hombre por la mañana, otro por el mediodía, un tercero en la noche. Tres como mínimo diariamente. Y a cada uno los desplumaría de algo, ilusionándolos. Y todos, absolutamente todos, abdicarían desfallecidos de amor por ella. Y ella sucumbiría ante la pasión y la aventura. Esta frase le sonó estúpida. Ése sería el colmo del equilibrio, la libertad de amar y de morir. No seas idiota, estás masturbándote, metiéndote mano tú sola, y con tu marido en la cama, ahí, como un gorila. ¡Qué va!, un gorila ya se la habría echado al pico. Como un zanguango, tirado, sin dar la cara. Llámalo, invítalo a que te rompa el esfínter. Es lo único que mueve hoy en día a los tipos. A muy pocos de ellos les interesa la vagina, sólo en los primeros encuentros, se vuelven locos por el siete. Todos unos mariconazos de ampanga.

—Peter, ven, chico, anda.

—¿Qué carajo quieres? ¿No ves que estoy durmiendo?

—¿Que qué quiero? ¡Templar, coño!

Peter se levantó trabajosamente, cansado, y arrastrando los pies, fue hasta la ducha. Ella lo esperó de espaldas, las manos contra la pared. Él abrió el botiquín, de forma automática embarró de vaselina su mandarria, y se la encajó a ella en el intestino. Varios fuetazos, se vino en el interior, se la sacó, aseó la pinga en el chorro del lavabo y regresó trastabillando a la cama. Canela limpió su cuerpo. Al menos, lo he puesto contento, pensó, aliviada.

Canela tomaba el desayuno. Peter asomó por la puerta de la cocina.

—¿Y qué mosca te ha picado, que te despiertas con los gallos? —preguntó ella.

—Iré a ver a unos antiguos amigos, tú sabes, sólo para confirmar que viven en el mismo sitio, que se encuentran bien. Igual me entran ganas de buscar empleo en otra cosa que no sea lo que hice antes.

—Bienvenido al mundo de los vivos. Y a esos amigos, ¿los has llamado o piensas darles la sorpresa?

—Les daré el alegrón, bueno, no sé si esperan verme, luego de tantos años de silencio de mi parte... ¿Y tú?

—¿Yo qué?

—¿Seguirás llegando a las mil y quinientas? Te ha dado fuerte con los ensayos. ¿O es que ya el Juan te ha mamado el coco?

Canela se levantó de la mesa, gesto de fingida indiferencia.

—Mira, Peter, mejor date un paseíto y... a refrescar, anda, ve a comprobar si por acá te echaron de menos... Que nunca está de más que le echen de menos a uno.

—Eso, tírame a mierda, es lo que signifíco para ti, un saco de porquería... Desde hace un tiempo, te doy lo mismo...

—Sí, por eso trabajo mientras tú no haces más que dormir, mantengo el tinglado, aguanto tus depresiones diarias. Desde que te conozco, si te he visto feliz dos días seguidos es mucho. Sí, porque te considero una caca en dos patas es que espero todas las noches que me acaricies, en vano, porque no mueves un dedo para hacerme sentir que estoy viva ni un poquito así... Todavía me pregunto qué recojones hago yo enredada en este asunto contigo... No sé, puede que sea por piedad... Entonces, la que tendrá que psicoanalizarse seré yo. Alguna monja dadivosa habrá reencarnado en mí, o un gen demasiado caritativo andará averiándome la sangre.

Recogió el maletín y salió sin despedirse.

Desde el cuarto, Peter voceó:

—¡¿Llegarás temprano, sí o no?!

Ella respondió antes de dar el portazo:

—¡Cuando termine el ensayo, Peter! ¡Entérate de una vez que estreno muy pronto!

No, no lo abandonaría, no, lo amaba, se aconsejó, tal como él era. No lo abandonaría.

Una envidiable realidad.

Una amiga con la que se pueda contar es asunto de vida o muerte. Liú era eso, mi gran amiga en las buenas y en las malas. Allí estaba esperándome, intrigada, dándole cachadas profundas a un cigarrillo rubio en la zona de fumadores; vestida casi correcta, cosa rara en ella, o sea, con una chaqueta y una minifalda de lino, guantes de encaje, botas de mezclilla y punta de metal. Después de Madonna en los ochenta, ella siguió luciendo guantes de encaje, conservaba una colección de todos los guipures y colores inimaginables.

—Tienes la cara como si te la hubiera pisado un dinosaurio de Spielberg.

—Bastó que el tipo me despreciara para enamorarme de él, o intuir que lo estoy.

—Léete un libro de mecánica cuántica, mastúrbate con un consolador de metal dorado, tómate un helado cremoso, o zámpate un *frapuccino* en un Starbucks; escribe las porquerías que sueles escribir, y por último cómprate un billete a Londres, se han puesto muy baratos, tirados. Yo me voy la semana próxima, dado que han suspendido la obra hasta nuevo aviso, la de la Ofelia que se ahogaba. Ay, menos mal, chica, porque de tanto hacer el papel de la ahogada, ya me estaba volviendo asmática, mira el color que he cogido, parezco un recién nacido esmorecido.

—No es mala idea, además... No que hayan suspendido la puesta, lo de Londres, digo, además... —Dejé la respuesta inconclusa, ida en mis maldades literarias.

—¿Además, qué? Me dejas en una cutícula.

—Como sabes, justo estoy escribiendo una novela erótica, o policial, o ambas, ya ni sé, cuya trama transcurre en Sevilla, en Londres. Una historia ahí, de bailarines.

—Por mucho que haya bailarines, siempre espero de un escritor actual una mandarria y una tota haciendo eje, ¿o no? Una cochinada. Ya no se usan las novelas eróticas, ahora son las policíacas, según un socio mío que lee tanto que hasta le han salido orzuelos de tanto quemarse las pestañas. O esas de intrigas esotéricas. Pronto el planeta se dividirá entre los que leen libros como *El código Da Vinci* y los que leen a Harry Potter. Yo no, no sufro de esa majomía, mi vida, qué va; yo sencillamente, de momento, dejé de leer.

—No sé adónde me conducirá la narración, cuento el embrollo amoroso de dos artistas, tengo la trama erótica que se enlaza con la de suspense...

Liú me echó el humo en la cara.

—Mariconancias tuyas. ¿Conoces Londres?

—No, ¿y tú?

—Tampoco. Nos vendría bien.

Su semblante resplandecía de embullo. Maquillada de manera convencional lucía muy atractiva. Liú siempre me había gustado, pero jamás me hubiera atrevido a declararle que en algunas ocasiones me moría por acostarme con ella. Puse cara de conquistadora, dispuesta a soltar dos o tres frases impresionantes para una chica fácil de esperanzar. Entonces interrumpió:

—Lo otro que podemos hacer, asunto de calmar de modo momentáneo tu angustia, es irnos a casa y hacer el amor. Tú y yo nunca lo hemos hecho, parece mentira. Y si el famoso Richard te llama, pues le invitamos a la ceremonia.

—No funcionará. Lo tuyo y lo mío —pronostiqué.

—Mira, detén el carro, tú y yo somos muy diferentes, y especiales al mismo tiempo. —Acostumbraba a alardear que era extraordinaria, sin modestia de ningún tipo—. Tomémoslo como una terapia colectiva. No es que vayamos a casarnos mañana.

La intensidad de sus ojos azules golpeó con un guante de boxeador en mi corazón, ¿o fue en mi clítoris?

Antes pasamos por la agencia de viajes a comprar el billete a Londres. Enlazadas de las manos, dimos un corto paseo por una céntrica calle de La Playa, ajena ella a los comentarios malsanos de los transeúntes. Cuánto y más, decidió sorprenderme con un beso de lengua. Liú era adorable, sin parangón, como dije antes.

En su apartamento pude admirar la última producción de su pintura. Más que buena, era la mejor pintora de la generación de los ochenta; pero no hizo ningún caso a mis comentarios de crítica eufórica, se desnudó, tomó el saxofón, lo cruzó en su entreseno y comenzó a tocar con auténtico deseo de sublimizar nuestro futuro contacto carnal con un clásico de jazz, para mí inolvidable, *Cheek to cheek*. Arrodillada ante Liú, mientras ella chupaba el saxo extrayéndole las más fabulosas notas, yo decidía si lamía su sexo o no. Una amiga es lo mejor que puede ocurrir en caso de que con ellos no funcione. Una amiga triste y erizada como un jazz.

Sin embargo, nunca he podido soltarme con Liú. Aunque en ese instante nos deseábamos un montón, temía que una vez consumado el acto sexual nos frenáramos precisamente a causa de la efímera condición del hecho y no fuéramos capaces de sopesar mejor nuestra amistad en el futuro. El prurito o prejuicio de que el sexo imperara por encima de todo lo demás me disgustaba, y lo repelía. Y aunque habíamos compartido hombres en una misma habitación, nuestros cuerpos siempre buscaban distanciarse, manera de guardar la forma, de saber establecer fronteras, de no mezclar —como decía otra amiga— el culo con el aguacero.

Además, ¿y si yo no le gustaba a Liú, y si ella no me agradaba en la cama? ¿Nos pelearíamos, dejaríamos de hablarnos? Niñerías, puras chiquilladas.

Liú abandonó el instrumento musical y, desnuda, se acostó en la cama y se cubrió de pies a cabeza, cerró los ojos y así estuvimos un buen rato. También yo, tumbada a su lado, los ojos petrificados en el techo, las manos yertas, pero con la ropa puesta. Liú tomó mi mano, sobresaltada, pensé que la pondría en su clítoris, tan directa como solía comportarse, pero no. Llevó mi mano a su pecho izquierdo, no para que sintiera su pezón: quería que percibiera los agitados latidos de su corazón.

—Ni con un hombre me he puesto jamás tan desaguacatá.

Nos volteamos de frente, muy pegadas, sus senos contra los míos, mis muslos atrapados entre los de ella. Nos besamos en la boca, un beso fogoso, y también de cariño. Finalmente caímos rendidas, sabiendo que para nosotras sería más rico conservar el secreto. Nunca haríamos el amor, pero tampoco nunca nos abandonarían las ganas. En cualquier momento, podía suceder. En cualquier momento, podía jamás suceder.

Llamada del editor:

Sonó el teléfono, descolgué el auricular medio dormida.

—¿Viste el programa «Tout le monde en parle»? —Era el torturador, digo, el editor—. Detén, por favor, el asunto de la novela policial, creo que una novela de éxito estará entre la cosa del baile y la guerra. La fiesta cubana y un bombardeo. Algo así, por el estilo. ¿Qué te parece? Dime algo. Al menos, ¿estás escribiendo?

—Sí, sí, sí, claro, cómo que no, y fíjate, estoy en el buen camino. Quiero decir, en el rumbo de la emisión de Ardisson, que no he visto porque me has sorprendido en pleno ardor laborioso, escribía el capítulo donde los personajes...

—No me cuentes nada, por favor, mándamelo por e-mail. Te dejo, tengo una llamada en espera.

A esas alturas ya había cogido demasiada confiancita y me trataba como el culo, o yo se la había dado, no el culo, la confianza. Jamás telefoneaba, o sí, sólo lo hacía con la intención de paralizar mi trabajo. Y lo peor, lo lograba.

—Ve a que te empalen, *gros con!* —susurré.

No pude ni siquiera encender un cigarrillo, ya no fumaba.

Fragmento tres de esa novela que ya ni yo misma sabía qué coño era.

Hechizada, meneaba las caderas, la espalda ahuecada terminaba en oleaje encarnado. Sonreía irónica, bufaba airada, por su cara volvía a surcar llanto mezclado con el almibarado sudor, pero esta vez eran lágrimas emocionadas, al sentirse vibrar junto a los timbales. Juan salió de la sombra y la atosigó con la pelvis. Canela se arrodilló y empezó a restregar el pañuelo contra el suelo, como si lavara ropa encima de la piedra de un río, onduló, y las nalgas empinadas subían y bajaban. Juan pasó lentamente su pierna por encima del cuerpo agachado de ella.

Tom Bent y Cath, su novia y encargada de prensa, eran los únicos espectadores, acomodados en el centro del teatro. Cath posó calculadamente su mano encima de la portañuela del pantalón de pana azul Prusia, el hombre se la apartó con cuidado. Así fue que Cath obtuvo la confirmación de que a Tom Bent le gustaba demasiado la bailarina. También ella se imaginaba pasándose por la piedra a Juan.

—Tienes razón. Bailan como auténticos demonios —comentó la inglesa.

—O como ángeles.

—¿No decía Rilke que «todo ángel es un demonio»?

—Está bien, Cath, deja tus especulaciones intelectuales para más tarde, ahora disfruta, hija, goza.

—No son especulaciones. ¿Permitirás que reflexione en voz alta, no?

—No, no te autorizo, aprende a gozar de vez en cuando sin la sobriedad apocalíptica de tus pensamientos. Si supieras, es muy saludable para la inteligencia volverse de vez en cuando una persona sencilla.

—Esa mujer baila como si estuviera posesa por una alma masculina.

—Por favor, Cath, sólo baila de maravilla.

—Él es muy femenino. Se le nota muy hembra junto a ella.

—Por esa razón los he juntado. Son el ser platónico. Dos en uno, rodando coordinados, equilibrados hacia la luz.

Entretanto, Peter husmeaba alrededor de la casa de Dora. Se notaba que llevaba horas merodeando la residencia; tiró la colilla gastada, y al instante prendió otro cigarrillo. Dora surgió apresurada de la oscuridad de la puerta. Sin percatarse de que Peter la perseguía, se dirigió al bar de la esquina. Una vez en el mostrador, compró un paquete de picadura de tabaco. Pagó y se marchó. Al salir del establecimiento quedó pasmada ante su ex marido. Se detuvo sorprendida, apenas unos segundos, luego reaccionó y decidió continuar rumbo a su casa sin hacer caso del hombre, pero disimulaba mal su nerviosismo. El fotógrafo le cayó detrás unos pasos y después se atrevió a retenerla por un brazo.

—Hola... Dora. ¿Desde cuándo fumas?

—No son para mí, son para un amigo...

—¿Para un amigo? Anjá. ¿Muy íntimo?

Ella se le cuadró, sin embargo, con los ojos aguados.

—¿Y a ti qué te importa? Vamos a repasar acontecimientos: me dejaste con los chicos pequeños, la niña recién nacida, arrancaste dejándome hundida hasta el cuello con tu asunto de fotos de violaciones y asesinatos... Te advierto que todavía puedes tener líos gordos.

—No tenía otra opción. Huí por... por, digamos que por miedo.

—Podrías haber afrontado el problema, como un hombre lo hubiese hecho, yo te hubiera apoyado... Pero ¿qué carajo hago yo deshaciéndome en explicaciones a un fantasma? Porque eso es lo que eres, para mí dejaste de existir.

—Supongo que mis hijos están bien...

—Oh, sí, muy bien, pero no te esperan, ni se te ocurra acercarte a ellos...

Discutían, aunque trataban de modular y moderar las voces, deseaban ser discretos, encaminados al edificio. En la entrada, ella se puso de parapeto para impedir que la siguiera hacia el interior.

—Les he dicho la verdad, que su padre es un irresponsable, que se largó y que nunca más envió noticia de ningún tipo, pero que igual un día reaparecerá... ¿Ves, que no me equivoqué? Pero no puedes presentarte de hoy para luego. Oh, no, eso sí que no...

Vaciló, antes de darle la espalda, volteó sobre los talones, chirriaron los tacones de metal de sus botas.

—Ah, ¿y dónde te metiste todo este tiempo? Dímelo, sólo para felicitarme por no haberme equivocado... Apuesto a que te escondiste bien en la cama de alguna estúpida ingenua... No en este país, *of course*, bien lejos... ¿América?

—Más cerca, en España, en Sevilla...

—Das lástima, con tanto talento para el arte, pero para la vida no sirves... Irte a España, con lo fácil que hubiera sido acorralarte allí. Si realmente yo te hubiera querido joder, ningún otro sitio más a la mano.

Dora hizo un gesto amenazándolo con el dedo para que se quedara fuera. Echó la cerradura desde dentro. Subió la escalera de prisa, con la mano puesta en la cartuchera de la pistola. Dio un tirón a la puerta del apartamento.

En la lujosa casa de Cath, iluminada con exuberantes y estilizadas lámparas art nouveau y art déco, imperaban los decorados en raso y fieltro rojo y damasco rosa: cortinas, sofás, butacones, todos forrados en esos tejidos. Los amigos de Tom y de Cath y los miembros de la compañía de baile se habían reunido para festejar el cumpleaños de Juan. Se percibían dos mundos muy diferentes, el estirado y ficticio mundo de los amigos de Cath y de Tom, y el mundo bohemio de los bailarines, menos rígido, aunque más ansioso.

En medio del salón principal, Cath conversaba con Juan, apenas gesticulaba, su lengua humedecía cuidadosa sus labios, y las palabras sonaban con sustantivos adecuados, sin jamás cruzar la frontera de la exactitud. Era una interesante mujer de físico impecable, y aunque sus ademanes comedidos rayaban en la frialdad, resultaba evidente que Juan se sentía atraído por su segura presencia. Cath lo daba por seguro, y de vez en cuando se consentía una coqueta exclamación.

—¡Oh, su perfume, es deliciosamente único!

—Ah, eso, uso Passion, de Annick Goutal, regalo de una amiga; prefiero los aromas femeninos... —declaró el bailarín.

Canela y Tom se hallaban en un salón más íntimo; enmudecidos, bebían champán. Para Canela era embarazoso acompañar al empresario, y decidió desplazarse a la pieza vecina en busca de Juan. Tom fue detrás de ella, por fin se agruparon los cuatro y a ellos se les aproximó una tercera persona, el hijo de Tom, más joven, poco agraciado, de unos veinticuatro años. Canela advirtió, no sin amargura, que se establecía un flirteo de miradas entre Cath y Juan. Tom Bent presentó orgulloso a su hijo:

—Éste es Michael, excelente fotógrafo. Aunque es muy joven, empezó temprano, desde pequeño andaba ya con una camarita ametrallando a todo el mundo. Michael —se dirigió al muchacho—, como sabes, el motivo de la fiesta es el cumpleaños de Juan Prado.

—Felicidades. Le he visto bailar una media hora, y debería entregarle las fotos que le hice. Me ha dicho mi padre que preparan una coreografía de flamenco y de danzas folclóricas cubanas, con ballet experimental, realmente muy interesante... Visité Cuba hace alrededor de un año...

Juan fingía atender al fotógrafo, mientras, inquieto, seguía los movimientos del padre.

—Me gustaría que usted y yo habláramos más... —propuso Tom Bent en un susurro a Canela.

—Tú... Me puedes tutear... —sateó ella.

—Muy amable, tú también puedes tutearme.

El hombre reguindó el brazo de Canela del suyo, acarició en redondel su codo con la yema de los dedos; se alejaron de los demás. Cath y Juan no quedaron muy tranquilos con el panorama.

Tom Bent y la rumbera salieron a la terraza. La noche era fría. Él encendió un prajo, le dio dos bocanadas y se lo pasó a Canela, colocándoselo directamente entre los labios. Ella absorbió el humo y no perdió la oportunidad de indagar si conseguía un trabajo a Peter.

—Mi amigo, o marido, aunque no estamos casados, es también fotógrafo; bueno, ahora está en baja... Él es inglés, pero vivió mucho tiempo en España... Se llama Peter Bridge.

—Curioso, su nombre me dice algo... Michael empezó sólo hace unos años, es realmente bueno. Y no lo digo sólo yo, que soy su padre. ¿Y tú? ¿Qué piensas hacer una vez que termine nuestro espectáculo?

—¿Yo? Pues, no sé, lo que diga Juan... Regresaremos a Sevilla, veremos, a Juan se le ocurren ideas divinas... Bueno, a mí también...

—¿No te ha dado por formar tu propia compañía? Eres tan creativa e inteligente como él, posees un talento indiscutible. Deberíamos proyectar algo. Tú y yo. El flamenco no pasará nunca, pero ahora la moda es cubana... debemos apresurarnos, antes de que se acabe.

Canela reaccionó extrañada, sin embargo agradecida de que reconocieran sus méritos.

—Sé perfectamente lo que me bulle dentro, pero no se me había ocurrido romper con Juan... ¿Sabes?, si para un bailarín de flamenco no ha sido fácil, imagínate para una mujer... Rumbera, para colmo. Ah, te aclaro, la rumba también es eterna.

—Lo interpretaste mal, no tienes necesariamente que romper con Juan. Pero fíjate que tengo un proyecto en Nueva York, y todo depende de cómo saldrá esto con Juan, caso de que no satisfaga nuestras expectativas podrías ir pensando en prepararte para remplazarlo... Está de más que te recuerde que depende de la manera en que precisamente uses tus dones de cubana.

—Mira, creo que no he oído nada, mejor así que, okey, no he oído nada, ¿vale? —Aquello le sonó feo.

—Es que Juan es un poco conflictivo en relación con lo que queremos, con el espectáculo, con los dineros, con ciertas individualidades...

—¿En relación con qué? ¿Intentas dividirnos, cielo? Juan y yo somos como hermanos.

—Incestuosos, ¿no? Perdona, fue una mala broma. No soy conflictivo, sólo busco alternativas que no me perjudiquen y que ayuden a los artistas que admiro. Tú eres una de ellas. Juan es demasiado presuntuoso, tú y yo, ya hablaremos...

Uno de los cantaores se acercó a Canela para prevenirla de que habían tomado la decisión de marcharse: al día siguiente los esperaba una carga monstruosa de ensayos.

—Vamos, sorpresita, que mañana hay que currar temprano.

Canela se despidió. Besó en las mejillas a Tom Bent, interesada en mantener una relación afectuosa, pero alarmada, con las uñas preparadas al zarpazo. Decepcionado, el empresario se dio por vencido; sólo por el momento, calculó.

Esperó tres días, él no llamó. No podía admitir su arrogancia, tres noches en que yo no había templado por su culpa, esperándolo desasosegada, empataba el día con la noche, y la noche con el día. Y yo, que para poder combatir el insomnio necesito un macho en mi cama. Un hombre con los huevos llenos de leche sustituye al Donormyl. Tres días en el limbo. Hambrienta de una cabrona picha. Pensé que esta vez sí debía buscar un cirujano e injertarme tortas de silicona en los pechos, aunque uso la talla B-36, que no está mal, porque de seguro, lo que sucedió es que le decepcionaron mis pechugas. Me fijé, la noche de la exposición, en que no había una teta prominente que pasara a su lado que él no la venerara. También los culos. Pero para culona, yo. Y de hecho aquella noche me estuvo metiendo la lengua en el ojete hasta que le avisé que si seguía iba a hacerme caca en sus papilas gustativas. Richard no llamaba y yo me estaba poniendo demasiado depresiva, no paraba de mirar el celular, atenta a la más mínima vibración del diminuto aparato. Ni siquiera había ido a hacer las compras para el viaje a Londres. Ni sabía si Liú había conseguido reservación en algún hotel, pues de esa tarea se encargaría ella.

Llovía a cántaros en Coral Gables, soy devota de la lluvia, pero en momentos como aquéllos, de angustia extrema, me apachurraba. Tomé un calmante y empuñé el paraguas, atravesé el jardín, me metí en el auto. Frente al timón estuve pensando unos minutos, el tiempo de convencerme de que debía ir a su casa. Llegué a Miami Beach en un santiamén, iba que volaba por esos *expressway*, igual que el taxi de Bruce Willis en *El quinto elemento*. Subí al piso diecisiete y toqué el timbre de la puerta deseando largarme y, al mismo tiempo, inamovible.

Abrió una señora bajita y rechoncha, tipo retaco, empuñaba el trapeador:

—El señor no se encuentra, está de viaje, llegará este mediodía.

Respiré ilusionada. No me había llamado porque se había marchado por asuntos de trabajo, justifiqué. Mejor, ay, uf, qué alivio, me sentía muchísimo mejor, valorada al menos. Agradecí a la criada, quien pidió mi nombre y le di uno falso. Es lo que siempre hago cuando me preguntan mi nombre, doy otra identidad, no sé por qué.

—Dígale, por favor, que vino Margot Fonteyn.

—Sí, sí, y yo soy Greta Garbo —respondió la nicaragüense con sorna.

Ya me sentía cómoda. Liberada de mi capricho. Incluso hasta llegué a olvidarme de Richard, y entonces llamé a Leo, suponiendo que el primero llegaría muy cansado y que no tendríamos la ocasión de vernos esa noche. No estaba dispuesta a pasar una cuarta madrugada a pan y agua. Y Leo templaba bien, que es lo más importante en la vida, conocía mis códigos. Y estábamos cronometrados a la hora del orgasmo; un segundo después, yo me dormía como un crío, tan relajante ese chico musculoso.

Leo y yo quedamos para el cine en Lincoln Road. Entonces me dije que sobraría tiempo suficiente de ir a Barl Harbor a comprar ropa de invierno y un bolso. El aguacero arreciaba en Miami, pero mi interior se había soleado.

Terminé las compras, devoré unos *linguini alle frutti di mare* en un restaurante dentro del *mall*, y cuando me dirigía al parqueo donde había guardado el automóvil me invadió la duda. ¡Qué imbécil! ¿Cómo no le pregunté a la sirvienta la hora de llegada de Richard? Va, todavía podía verlo antes de mi cita con Leo. ¿Y si no me llamaba? ¿Y si ni siquiera se acordaba de mí? Pasé el resto de la tarde atareada doblando ropa en la valija nueva y reconcomiéndome los sesos. Luego me puse a leer otra vez el libro de Nijinski, y es que por aquella época me dedicaba a escribir sobre las psiques de los bailarines. Tenía una columna en un periódico dedicada al tema, a la cual luego renuncié para escribir ficción. Creo que fue un error. Nijinski y yo hubiésemos sido magníficos amantes, dos esquizofrénicos psicóticos. Ningún médico me lo había diagnosticado, pero no me hacía falta el dictamen de un especialista para reconocer mi deplorable estado creador.

Llegó la hora de partir a mi encuentro con Leo, y Richard sin dar noticias suyas. Paró el mal tiempo, la tierra olía como nunca, y las palmas desprendían un humo que se empantanaba encima de los techos. Me dieron ganas de revolcarme en la hierba mojada; al salir descubrí dos lagartijas enganchadas. Las atrapé, las separé, y me las colgué por las bocas en los lóbulos de mis orejas. Apreta-

71

ron fuerte las mandíbulas, con pavor de caerse. Me pregunto qué haría yo si en medio de un palo fabuloso unas manos gigantescas me separaran y me pusieran colgada al abismo sostenida con mis dientes. Creo que me comportaría exactamente igual que una lagartija, mordería trituradora, y de un hilo resistiría hasta que, desfallecida, me despetroncaría contra el pavimento.

Leo me aconsejó, mientras mostraba repulsión, que me quitara esa atrocidad de las orejas, que era una asquerosa, además, estaba llamando la atención de mala manera. Mucha gente se me quedó mirando a la entrada del cine, dudaban si aquel pataleo de colas era de verdad, o correspondía a algún truco mecánico. La película, elegida por Leo, era un bodrio de robots y marcianos. Antes del final tuve que salir a fumarme un cigarrillo, no soporto esa clase de películas de rostros de acero cosidos con alambres y con bombillos por ojos. No pude fumar, siempre se me olvida que ya no fumo.

A los cinco minutos de estar fuera vi pasar por la acera de enfrente a Richard, acompañado de una mujer altísima, pelo rubio con mechas color caramelo por la cintura, piernas torneadas, de envidia. Entraron en el restaurante italiano. Se me hizo un nudo en las trompas de Falopio. Igual Richard tenía una amiga que se llamaba Margot Fonteyn y ahora ella estaba aprovechándose del recado encargado a la criada.

Sin vacilar, pedí a Leo, cuando surgió jubiloso de entre los demás espectadores, que me llevara a cenar enfrente.

—¿Al mismo restaurante que te invité hace dos semanas? Te negaste, asegurando que era mediocre.

—Me han dicho que han renovado al cocinero.

Nos ubicaron en una mesa cercana a la puerta, tuve que disimular e ir al baño para poder localizar la mesa donde Richard y la larguirucha conversaban con los rostros pegados. Al salir del baño, él me vio, yo desvié la mirada.

—¡Hola! —fue él quien se levantó de la mesa, de lo más natural; estaba muy atractivo, con un traje negro de Gianfranco Ferré.

—Hola —extendí la mano y él me atrajo a la mesa.

—Te presento a mi hermana, Adriana. Está de vacaciones, vive en Italia. —La mujer se levantó y me besó dos veces en las mejillas—. Estuve llamando a tu celular, pero no respondía. Has perdido mi tarjeta, lo sé, se te ha caído al salir de casa.

Afirmé mientras actuaba sofisticada indiferencia. Su hermana se mojó los labios con la lengua y me latió el bajo vientre.

—¿Quieres sentarte? —invitó él, sonriente, con esos dientes blancos que me mataban.

—Es que estoy apurada. Tengo que acompañar a un amigo cuya novia le ha abandonado y estoy dándole tratamiento psicológico. Aquél... —Leo me miraba desde lejos con ojos de carnero degollado, con toda la pinta desoladora del tarreado—. Pero puedes llamarme más tarde...

—Sí, y te doy de nuevo mi tarjeta, por si acaso. Y, por favor, abre la línea de tu teléfono.

Me despedí de ambos. Lo primero que hice fue revisar mi celular. Estúpida, al apretar mi cartera debajo del brazo lo había apagado. Lo segundo fue anunciarle a Leo que me dolía terriblemente la cabeza, y que me bastaría con una ensalada ligera, un té, y para la cama. O sea, cada uno para su cama, en su respectiva casa, subrayé. Leo siempre ha sido de los amantes más comprensivos. Y como es bisexual, y no le agradaba estar perdiendo el tiempo con mentiras posmenstruales, me dejó plantada en la mesa y arrancó junto a un patinador con el pelo oxigenado de blanco y con un rubí pinchado en una aleta de la nariz.

—Deseo hablar con Margot Fonteyn. Quiero que bailes conmigo esta noche. —Sólo dos personas podían llamarme para decirme eso, Nureyev o Richard. Pero Nureyev había muerto, y yo no era Margot Fonteyn.

Nos fuimos a bailar apretados a un cabaret oscuro de gran clase. Bibisí La Ricotota, interpretaba todo Marta Valdés, o sea, puro *feeling*, cercano al bolero y al jazz, pero más contundente desde el ángulo melancólico.

—¿Dónde estabas? —pregunté, ansiosa.

—En Londres.

—Qué casualidad. El jueves próximo me voy a Londres.

—Yo también. Espero sea en el mismo vuelo.

—¿Y eso a qué?

—Manejo empresas constructoras, ¿te lo he dicho? —Seguro que sí pero no le había prestado atención. Sólo presto atención cuando presiento que no me la prestan a mí—. Por trabajo, ¿y tú?

—Por conocer, puro turismo. Nunca estuve. Y como tengo que aprovechar mi año sabático... Voy con una amiga.

—¿Has conseguido hotel? Tengo un apartamento pequeño, pero bien situado. Podrían instalarse tú y tu amiga, pero claro, estaré yo.

—Será un gustazo.

También fue un placer para Liú. Estaba loquita por acostarse con Richard, era experta en tumbarles hombres a las amigas, como gorriones. Nos encontramos en el aeropuerto, entregamos los billetes juntos y nos dieron una fila de asientos de a tres. Las dos primeras horas de las nueve que dura el viaje las pasamos conversando de la cultura europea, de ballet, de cine de autor; pasaron una película culta francesa con el objetivo de adormecer a los pasajeros.

—Liú, la novela erótica de la que te hablé la estoy convirtiendo en policíaca.

Hizo muñeco con una punta de su blusa, en señal de que le repetía lo mismo.

—Ya me lo dijiste, lo mejor que haces, o lo peor, ya te dije que en literatura se lleva lo esotérico de intrigas. Aunque si das el batazo, ganarás millones, como la Mary Higgins Clark. Tendrás que cambiar de casa y escoger un buen decorador, pues retratarán tu mansión en *Elle Decoration* o cuando menos en *House Beautiful.*

—Este diálogo lo introduciré en la novela —Liú se encogió de hombros—; lo demás lo inventaré.

Apagaron las luces, y ahí fue cuando Richard posó su mano en mi muslo, por debajo de la manta, fue halando mi falda poco a poco; hasta que tuvo su dedo en mi raja no paró, empezó a tantear con golpecitos discretos. Liú se hacía la dormida, pero con el rabo del ojo seguía la maniobra, hasta que no aguantó más y se puso a masturbarse sin disimulo alguno. Tuvimos que alertarla de que estaba dando el espectáculo. Entonces bajó la cabeza, siempre debajo de la manta, y le mamó el rabo a mi hombre. No soy egoísta con Liú, aunque sólo con ella.

El tiempo se había vuelto muy variable y la noche enfrió aún más. El bailarín cubrió a la mujer con un abrazo. Fue ella quien distinguió el taxi. En el auto, Juan y Canela siguieron acurrucados. Juan pidió al chofer que le dejase a él antes, pues su destino era más próximo.

—Por favor, me deja a mí primero, puede tomar por Sydney Street; nos gustaría dar un rodeo al Támesis...

Canela le interrumpió:

—Te iba a pedir que me acompañaras a casa, pero no sé, es tarde, y no creo que Peter vaya a darme una agradable bienvenida.

Juan aceptó muy serio y dio una contraorden al taxista. El vehículo llegó a la puerta de la casa de Canela, al mismo tiempo que Peter, borracho, trataba de introducir la llave en la cerradura; interrumpió la maniobra para insultar a Canela.

—¡Así que estas horas es que llega la maldita puta!

—¿Cómo has dicho? Por favor, tranquilízate, te vas a caer.

—¡Lo que has oído, tú, carroña de cloaca, ambiciosa, llegas a las tantas de la madrugada con el firme propósito de joderme!

Juan terminó de pagar el taxi.

—Deja eso, Peter, disculpa, hemos llegado a esta hora porque tuvimos que discutir...

—¿Y tú quién carajo te crees que eres, no ves que hablo con la reputa de su madre? Cuando yo hable con bugarrones, te tocará el turno de responder...

Juan suspiró y, ladeando la cabeza, se retiró resignado.

Canela empujó con dulzura a Peter hacia el interior de la casa:

—Anda, anda...

Peter se volteó y pegó un puñetazo en el rostro de la mujer con todas sus fuerzas, lo que la lanzó al asfalto. Sin pensarlo, Juan viró sobre sus pasos y le incrustó otro piñazo a Peter. Canela se incorporó, luchó desapartando a Juan, parapetada entre ambos, después embistió como una fiera sobre Peter, golpeándole. Pateó, mordió, arañó. El hombre se defendía sin escrúpulos. Parecían dos bestias destripándose. Juan consiguió arrancar a Canela, quien había arañado el rostro de Peter.

—Malagradecido, eres tú el hijo de puta, todo lo que te he querido para que hagas esto... —musitó.

Algunas ventanas vecinas se fueron alumbrando. Peter no permitía la entrada a Canela en la casa. Entonces ella decidió marcharse con Juan; pero su marido le corrió detrás, pidiéndole excusas.

—Perdóname, Canela, no lo hice consciente. Es que ya ni te das cuenta de que existo... Sólo hablas de este cabrón, y del bailoteo maldito, para ti soy como invisible.

—Me conociste como soy, sabes que bailo desde que nací. No fastidies, ¿de qué te quejas?

Canela titubeó, hizo ademán de volver con él, Juan la

detuvo por el brazo, pero ella se zafó y regresó junto a Peter.

Estaban a punto de entrar. Peter, más seguro de la situación, murmuró:

—Derecho, camina derecho a casa, que tú no te harás famosa bailando rumba de porquería... Aquí, el famoso es éste, y que te rejodan...

Canela reculó, le sonó un bofetón y huyó en dirección a Juan.

Frotó un paño de cocina con hielo en la cara inflamada de Canela. Contempló la piel fina, los ojos llorosos, oyó la voz entrecortada. Cariñoso, limpió las sienes de las greñas de pelo:

—Caramba, qué bestia... Mira cómo te ha puesto.

Canela intentó cambiar el tono de la situación:

—Tú no estás mejor... Aunque se te sube el guapo cuando te han maltratado. Y a él yo lo he dejado como un cristo.

Juan se contempló en un espejo de mano, también él conservaba huellas de Peter. Emburujó la almohada debajo de su cuello, contemplaba con ternura a Canela, que ahora reía, escandalosa, para en seguida sellar con súbito mutismo. Incorporada en el sofá, pellizcó con su boca los labios masculinos. Él no respondió de inmediato al beso. Ella se apartó, buscó sus ojos. Volvió a mordisquearlo. Fue él quien retomó la iniciativa, se deslizaron de la cama a la alfombra, a propósito.

Sus cuerpos desnudos rodaron en el tapiz marroquí. Había sido sencillo, después de librarse de sus vestimentas, y de darse pura lengua, él rozó su clítoris con la punta de su sexo erecto. Después se la metió poco a poco, su cintura trababa el encontronazo en cada uno de los vaivenes. Los jadeos de Canela le latían a él en los nervios de la tranca, apretado con la carne hirviente. Un gorrión en la garganta de una nube. Ella consiguió el orgasmo y cerró las piernas, y detrás él arqueó su espalda cual una águila que emprendiera vuelo.

—¿Por qué ha pasado esto? —los párpados inflamados.

—¿Lo de acostarnos? —ella respondió menos complicada—. Porque nos necesitamos, nos gustamos.

—¿Y por qué no seguimos juntos?

—Tú y yo no nos aguantaríamos, en serio, mejor así, sin compromisos.

—Deberías quedarte conmigo, ansío una mujer que me cuide.

—Me convertiría en tu mujer y en la amante de Peter, ¿no? O en tu madre y en la enfermera de Peter. ¿Y a mí quién me va a cuidar?

—Yo, claro que yo... —murmuró medio dormido.

Al día siguiente, en la sala de ensayos, los bailarines regados se disponían a tomar un baño. Terminaban una jornada dura de trabajo. Juan se dirigió canturreando a las duchas. Sorprendió a Canela mientras recogía sus cosas, sin aparentes planes de refrescarse.

—¿Adónde vas?

—A casa. Lo de anoche, te lo agradezco infinitamente. Es más, te pido mil perdones, fui yo quien empezó. Pero debo arreglarme con Peter, está muy solo, pasando una depresión muy grave. El médico me dijo hace unos meses que era un seguro candidato al suicidio. No puedo dejarle así...

—O sea, que *bye-bye*, y a otra cosa, mariposa...

Canela respondió al borde del cinismo:

—Hombre, no es grave, Juan, mañana nos vemos. Total, sea con Peter o contigo, siempre será igual. El mismo perro con diferente collar.

—¿Estás queriendo insinuar que no hay diferencia entre el energúmeno de Peter y yo?

—No estoy queriendo insinuar nada, tú estás interpretando mal; bueno, lo que dije lo he dicho por inercia... Y dicho está.

—¿Y por inercia crees que tengo que soportar semejante batacazo? Creía que me considerabas tu amigo.

Canela no replicó, dio la espalda y se marchó. Los bailarines chismeaban al fondo del camerino. Juan prefirió dejarla ir y fingir que todo iba de maravillas entre ambos.

Sin embargo, lo que Canela no sospechaba es que esa noche le tocaría a ella desesperar por la ausencia de Peter, dudar de su fidelidad.

Dora había mimado a sus hijos. Sentada al borde de la cama del mayor, vigiló el sueño de ambos durante un tiempo. Después se escabulló hacia al pequeño comedor, y acomodada en la mesa intentó terminar de hacer cuentas con una calculadora, mientras sorbía buches de té amargo. Tocaron a la puerta. Preguntó extrañada quién llegaba.

—Soy yo, Dora, no pienso molestarte más de cinco minutos.

Resignada, abrió. Antes escondió una faja con pistola que se encontraba encima de la mesa en una gaveta.

—Los chicos duermen, no son horas. Pero, en fin, hoy cuando llamaste te dije que te daría una cosa. Es esto... —extrajo un sobre de dentro de la gaveta del aparador sin mirarle, y sonrió, irónica—. Los negativos de tu célebre exposición, los guardé lo suficientemente bien para que no se perdieran en un archivo de la policía. Ahora que has reaparecido no deseo conservarlos conmigo, llévatelos y no vuelvas más... Al menos, por el momento, ya te avisaré.

Peter entreabrió el sobre y echó una rápida ojeada en su interior sin extraer el contenido, sabía de qué se trataba y no deseaba comprobarlo por más tiempo.

Ella observó conmiserativa las magulladuras de la cara.

—¿Qué, te atacó una pantera?

—Peleas sin importancia —evadió las explicaciones.

—Si te portas correctamente —suavizó—, autorizaré que te relaciones con nuestros hijos. Sólo dentro de un mes, déjame prevenirlos poco a poco. ¿Deseas un té?

Él asintió, asomado a la puerta del cuarto de los mocosos. Ella, enérgica, pasmó su intención.

—Párate, no sigas, no des un paso más, o esto termina mal. Bastante hice que permití que atravesaras el umbral.

Peter reculó y, obediente, se acostó en el sofá. Bebieron el té en silencio.

Dora irrumpió:

—Esa chica, Canela, parece buena. Han publicado un artículo con fotos en los periódicos... Ella comete el error de mencionarte, con orgullo.

—Sabe de mí lo que le he contado, o sea, todo mentira, salvo que fui fotógrafo. Y como ella no es de las que averiguan, pues... Creo que nos queremos, llevamos casi nueve años juntos... —Se le vio abrumado.

—La conociste al poco tiempo de haberte instalado en Sevilla, ¿no?

—Tres meses después. Para poder ganar algo, fui a hacer unas fotos al teatro; al salir nos pasamos de copas, unos amigos y yo, ¿sabes? La hallé en la calle, tiritando y hambrienta, como en una mala película; de ahí a mi apartamento, hasta el sol de hoy... Después dejé todo, y gracias a ella me mantuve sano y salvo.

—Sí, tú siempre has sido muy cómodo, y te han salido muy fáciles las aventuras.

Dora se incorporó, dijo que prepararía más té; con toda intención, fue hacia la puerta del cuarto de los chicos y la cerró. Entonces tomó rumbo a su habitación, debajo del dintel invitó a Peter.

—Puedes venir conmigo; cuando terminemos de hacerlo, te marchas. No deseo que ellos se despierten contigo en la casa.

Hasta muy alta la madrugada, templaron amparados por el desafuero del reconocimiento. Ella era quien llevaba la batuta, vengativa, lamió las heridas de su cara. Exuberantes y ardientes. Peter no parecía el mismo, su cuerpo admitió sin reservas el ritmo acelerado de Dora.

Canela, en pijama, alargó el brazo y decidió telefonear.

—Juan, sí, soy yo, ya sé que es tarde. Bueno, es que Peter no ha regresado y temo que le haya sucedido algo...

El hombre colgó. Ella volvió a marcar el número.

—Juan, escúchame...

—Hola, Canela, ¿qué pasa, no puedes dormir? —Cath respondió.

—¿Y qué haces tú ahí?

—Lo mismo que tú la otra noche. Brindo un poco de consuelo a Juan, que lo has dejado muy malo.

Fue Canela quien tiró el auricular.

No durmió en toda la noche. Al amanecer, tomó un baño caliente, desayunó desganada, y se disponía a salir cuando se topó con un trasnochado y abatido Peter. Rápidamente, él intentó esconder el sobre manila, llevó la mano a sus espaldas. Canela se percató del gesto, pero contrariada no le dio importancia.

—¿Dónde estabas? No es lo mismo que te pierdas en Sevilla que aquí, ya iba a avisar a la policía.

—Andaba con esos amigos que te dije iría a visitar. ¿Tú no andas con los tuyos? No te preocupes por mí, aquí no me pasará nada, es mi ciudad, la conozco como la palma de mi mano. Más pudo haberme pasado allá y nunca te alarmaste tanto cuando me desaparecía...

—Peter, te quiero, tienes que hacer un esfuerzo por cambiar; alégrate un poquito, mi cielo...

—Preferiría que habláramos en otro momento, estoy borracho y cansado, he bebido mucho; además, tienes que irte a trabajar, ¿no? La eterna trabajadora se va a trabajar, como siempre —ironizó.

Él se tumbó en la cama como un saco de cemento. Canela le clavó los ojos con desprecio, murmuró resabios:

—Muérete, macho. Que te resinguen.

Carta postal del editor, desde Atenas:

Querida amiga:

Me inquieto, no he recibido tu manuscrito. Pero no voy a volverme loco, ya tengo manuscritos hasta para hacer dulce, y los he traído conmigo, aunque leo de Pascuas a San Juan, si no, ¿cuándo descansaría?

Que tengas brillantes ideas.

EL EDITOR

Nos instalamos en el apartamento de Richard, en uno de esos fabulosos edificios de ladrillos rojos, en Cromwell Road. Teníamos un cuarto para nosotras, y él ocupó el más pequeño. En seguida conecté mi computadora portátil, sólo para familiarizarme con el espacio, pues me sentía demasiado cansada para dedicarme a escribir, y el cambio de horario me derrumbaba.

Hacía sol en Londres, aunque tardaba en irse el invierno; pensé en salir, y me encantó estrenar un abrigo negro de terciopelo, estilo militar, forrado en seda roja, hasta los tobillos. Debajo sólo llevaba un vestido de mangas largas, de moaré estampado con capullos de terciopelo color vino, medias tejidas en punto ancho y botas negras, elásticas y ceñidas hasta las rodillas.

Liú también estrenaba abrigo, de piel de cordero, forrado en seda, el cuello de zorro le tapaba hasta la boca. Su ondulada cabellera rojiza se confundía con los pelos del abrigo, debajo iba apretada en un escotado vestido de cuero negro, muy liso y brilloso, botas rojas estilo veneciano, acordonadas delante, de punta fina, a media pierna. Nos fascinaba vernos vestidas con aquellos atuendos de películas europeas. Richard se tapaba con un clásico abrigo largo de cachemira azul Prusia. Los abrigos siempre me han resultado una de las prendas más sensuales del vestuario, por el misterio que esconden, por el calor que borda la lana virgen en los poros, por la protección electrizante que brindan los cueros, por el contacto perfumado a una determinada época del año con la piel que la recuerda.

Hice ese comentario, y Liú se burló, agregó que yo siempre con mis triviales metáforas de nervaliana empedernida —por Gérard de Nerval, a quien yo leía y le leía con frecuencia—, se guindó de mi brazo, y empezó a hacer planes de visitas al British Museum, la Torre de Londres, no podía perderse de ninguna manera el cambio de guardia en el palacio de Buckingham, sacaría entradas para el Covent Garden, y por último iría a poner un ramo de flores tardío, pero seguro, a su ídolo, Lady Di, en el palacio de Kensington.

—¿Todo eso en un día? —interrogué, desmadejada de cansancio de sólo escucharla.

—No, por algo culto empezaré. —Canturreó la última canción de Depeche Mode.

Richard guardaba silencio. Después de la mamada que le había proporcionado Liú en el avión, se le percibía confuso y exhausto.

Era muy temprano. Liú prefería no dormir, cogió un mapa de la ciudad e intentó entusiasmarnos, invitándonos a hacer turismo. Richard se disculpó, argumentó que debía revisar los documentos para su trabajo. Y aunque dimos una vuelta, regresé en seguida, yo sí necesitaba reposar. Liú me acompañó, revisó de nuevo el equipaje, tenía obsesión con los robos; se aseó, se perfumó con efluvios orientales y partió a la aventura.

Intenté entablar amena conversación con Richard, y él respondió con un gruñido. Entró a su cuarto con un mazo de percheros, de donde colgaban elegantes trajes de distintos y caros tejidos. Pregunté si le apetecía un café, prepararía para dos. Otro sonido onomatopéyico aprobatorio. Luego corrigió:

—Prefiero un té de jazmín, encontrarás en la despensa.

—Lo tengo.

Bebimos el té en silencio. Hundida en el mullido butacón, presentía que Richard no se sentía cómodo con nuestra presencia. Conocía este tipo de reacción; gozó la mamada, pero en ese instante le preocupaba el precio futuro que debería pagar. Mi rodilla rozó la suya, viendo que no reaccionaba, que ni un suspiro brotaba de sus labios, apenas parpadeaba fijo en la humedad del cristal de la ventana, me dispuse a echarme en la cama a descansar, y así se lo anuncié. Me retuvo por la muñeca cuando pasé a su lado, obligándome a sentarme de nuevo.

—Acabo de salir, como quien dice, de un desengaño fatal con la mujer que más quise en mi vida, la madre de mis hijos. Hacía meses que salía todas las noches con una distinta. Te encontré y aunque sé muy poco de ti, sospecho que eres diferente, esa apreciación es suficiente para que me implique en serio, lo necesito. No desearía complicar esta amistad con una tercera persona. Liú es una muchacha increíble, pero... No es la primera vez que vivo un *ménage à trois*, y a la larga siempre ha tornado mal. Uno de los tres sale perjudicado.

Cuán consciente y considerado, me burlé para mis adentros. No fui indiferente a que había dicho «la mujer que más quise» y no «la mujer que más amé». A los tipos les cuesta utilizar el verbo amar; conjugado en presente, lo encuentran de una ligereza inmadura; en futuro, ah, el porvenir, los hombres se cuidan mucho de apostar por promesas duraderas, y en pretérito los ridiculizaría.

En serio, no esperaba que este hombre con el que no había pasado ni siquiera dos días defendiera su puesto de pareja como si considerara lo nuestro como un estable y duradero compromiso. No niego que me agradó que echara a Liú de lo nuestro, pero no era lo normal. Los tipos, tarde o temprano, siempre te exigen meterle mano a la tortilla en su presencia. Lo sentía por Liú, ya se lo explicaría yo; ella lo entendería. No estábamos atadas a tal punto que debíamos compartir ciento por ciento los machos.

Analicé unos minutos la situación, acababa de descubrir a un hombre sincero, sufría la reciente separación de un gran amor, y por esa razón se sentía tan sensible y su actitud parecía auténtica. No podía darme el lujo de esperar a que se echara a perder; apenas unas semanas, y lo invadiría la ironía, la venganza, debía aprovecharlo ahora, que aún la pudrición no lo había vuelto cínico.

Mentí, pedí excusas por el comportamiento intempestivo de Liú: primera vez que yo era testigo de un acto semejante, y como estábamos en el avión, no me sentí capaz de discrepar. Richard interrumpió para reprochar la placidez y el beneplácito con el que yo había recibido el atrevimiento de mi amiga. No lo acepté. Se equivocaba, yo estaba tan sorprendida como él. A los hombres nunca se les puede contar toda la verdad, debes presentarte ante ellos como una ovejita ingenua; lo demás

acontecerá como río que fluye, facilito, manantial transparente, con algunas piedrecillas que ensombrecen el
paisaje del fondo. Le aseguré añadiendo que suplicaría a
Liú que no le molestara más.

—Que nos deje en paz. Agradecería que, en lugar de
dormir con ella en el otro cuarto, vinieras tú al mío, conmigo. Así de sencillo.

Estaba acostumbrada a mudarme de cama una vez
culminado el acto sexual a partir de la segunda ocasión
en la que éste sucedía. En el primer encuentro, la curiosidad unía, ya después no me excitaba ver la cara del
hombre desparramarse en un bostezo. Pero estuve de
acuerdo, Richard exigía lo que ya pocos o ninguno exi-
gían, esto le sumaba un rasgo hechizante. O era de verdad un romántico, o un bitongo que, turulato por su
entumecimiento matrimonial, aún no había advertido
cuánto la humanidad había progresado, sobre todo en
cuestiones de sexo temporal. Su aparente inocencia consiguió seducirme todavía más.

Se paró, y estrechándome contra el deportivo pecho,
me besó como si de verdad estuviese enamorado. Pidió
que le regalara unas horas para coordinar citas y poner
al día su trabajo. Faltaba más. Él se encerró en el cuarto
de trabajo. Yo me deslicé en las sábanas de seda resbalosa, y me dormí.

Desperté veinte minutos más tarde con una sensación de *déjà vu* en el interior de la habitación. La oficina
de Richard continuaba cerrada, divisé la débil luz de una
lámpara de escritorio por el filo de la puerta. Me di una
ducha rápida y sin molestarle me escabullí a dar un paseo por los alrededores, no sin antes dejar una nota debajo del búcaro con claveles rojos.

Salí a la calle, la temperatura había subido unos grados el día que empezaba a solearse. Atravesé la calle y, frente a mí, advertí a Canela, esa muchacha que yo había inventado. Era ella, no podía estar desvariando. La misma cara, su manera resuelta de caminar. Sus ojos se cruzaron con los míos y me saludó como quien sospecha conocer a una persona. Es que nos conocíamos. Yo la había descrito y ahora me la tropezaba, real, de carne y hueso. No era más sólo un personaje de ficción, Canela existía, y no de modo exclusivo en mi imaginación. Detrás de ella, con los puños cerrados en el interior de los bolsillos del gabán, un hombre idéntico a Nijinski pisaba su sombra.

Anunciaron la pausa de reposo entre dos largos ensayos. Los bailarines hacían chistes, reían, o se peleaban por los mejores trajes. Juan se portaba de manera indiferente ante la presencia de Canela, como si ella fuese invisible. Ella le siguió, aprovechó que él se alejó un momento del grupo, para verificar que no hubiese error alguno con las tallas de la vestimenta.

—¿Qué hacía la Cath anoche en tu cama? Si el Tom Bent se entera, te anula el contrato.

—No voy a entrar en líos contigo, ¿quieres?

Canela se retiró. En el trayecto del pasillo al camerino se cruzó con Tom Bent.

—Hola, niña mala, a ti misma andaba buscando.

Canela podía presentir la presencia de Juan vigilándolos.

—Pues ya me encontraste...

—Me gustaría que me acompañaras hoy a mi restaurante preferido, no es lejos, justo enfrente.

—Con mil amores.

De pronto se armó un barullo. Ada acababa de incorporarse a la compañía. Canela esperó a ser la última para acudir a ella y abrazarla jubilosa.

—No te perdono que no me hayas enviado ni una sola postal. Por Juan tuve noticias de ti.

—Ay, Canela, ¿qué te iba a contar? Zúrich es puro cuento, un zoológico tremendo, un museo divino. La casa de Lenin, oye, con una casa semejante valía la pena ser comunista. Lo de ese Lenin no tuvo nombre... Nada, chica, a empezar de cero. Con el cuerpo muy dispuesto para lo que sea, y no me perdones, que una degenerada es lo que soy, no valgo ni un quilo prieto partí'o por la mitad.

—¿Trajiste las barajas? —preguntó uno de los bailarines.

—El tarot y yo nunca nos separamos.

Ensayaron hasta las ocho y media de la noche. Después Canela tomó un baño a prisa, se vistió con un traje de chaqueta y minifalda de cuadros, y se marchó pitando antes de que ninguna eventualidad pudiera retenerla.

En el restaurante, Canela y Tom Bent cenaban muy animados, ella lucía bellísima, razón por la cual él se la comía con la mirada. En eso entró Michael acompañado de Cath, y al empresario se le vio incómodo.

—Hola. Cath, no pude dar contigo antes, espero que los periodistas no te hayan agobiado demasiado.

Cath besó sus labios.

—Tranquilo, Tom, el resultado será perfecto, tal como lo hemos ingeniado, ni una nube en el cielo de nuestras esperanzas. —Una ridícula de armas tomar—.

Yo también te llamé, pero habías desconectado el celular. Por suerte, vino Michael a buscarme. No sé si tendremos espacio con ustedes; claro, si es que no molestamos...

—Pues justamente he invitado a Canela para imaginar y tantear un poco el futuro, asunto de proyectos posteriores, me gustaría quedarme a solas con ella. Tal vez nos juntemos para el café, al final, sería mejor si...

Michael interrumpió a su padre y habló a Canela:

—Mi padre me dijo que eres la esposa de Peter Bridge.

—No estamos casados.

—¡Pensar los problemas que hubo con él! Menos mal que al parecer todo finalmente se solucionó.

—Sí, sus continuas depresiones lo han frustrado, terminó por alejarse de la profesión. Pienso que el regreso lo curará, ayer se dio cita con viejos amigos... Cuando lo conocí, ambos éramos dos guiñapos, entonces me contó que había abandonado su trabajo porque estaba harto de perseguir vidas ajenas, de retratarlas... Lo de *paparazzi* no es lo suyo.

El joven se percató de la desinformación de la joven:

—Nunca fue *paparazzi*...

Canela justificó a Peter:

—Sí lo fue, claro que lo fue. Pero antes fue gran *reporter*. Al menos, eso me contó.

El camarero se acercó, ante la presencia de nuevos clientes.

—Lo siento, señor, pero ésta es una mesa de dos, no puedo hacer nada para juntarlos.

—Nos vemos luego —cortó Tom Bent.

—Creo que no, Tom. Pensaba decirle a Michael que mejor buscamos un sitio para ir a bailar. No les digo de venir más tarde porque Canela debe de estar cansada de bailar...

—¡Qué va, mamita, de conguear el esqueleto de una nunca se cansa!

El empresario y la bailarina quedaron solos.

—Michael tiene la mala maña de meterse con mis mujeres, luego las rechaza y yo vuelvo a recuperarlas. ¿Qué dices de eso?

—Que si estuviera en el lugar de esas mujeres conmigo no pasaría igual, yo no te dejaría a ti por él. Con perdón, que es tu hijo. Vaya, a mí me habían dicho de los ingleses que eran muy estirados, y eso... Pues ustedes son tan peores como nosotros...

—Gracias por el piropo. Es que no somos ingleses de películas. —El hombre se carcajeó—. Es cierto que los hay difíciles. Gente rara pulula por doquier.

La cena transcurrió en un ambiente seductor. Al final, él la invitó a su casa.

Canela, acostada, embriagada en el sofá, descalzó sus pies y acomodó sus piernas en un cojín. Tom Bent pidió disculpas, consideró que era la hora precisa para comunicar con Estados Unidos.

—Tengo una cita telefónica con un colega de Nueva York, no puedo dejarlo pasar, perdóname... *Hello*, Luca, sí, he leído el contrato, habría que modificar el cuarto y el quinto párrafo, darle más flexibilidad. Por supuesto que sí...

Tom cerró la puerta que daba al saloncito junto a su oficina, de este modo aisló su voz

Canela se espabiló y estudió el recinto, se levantó y dio un paseíto. Aburrida, se puso a escuchar a través de la puerta.

—Pon atención, los franceses quieren relanzar la moda de la música brasileña, pero no creo tenga posibilidades reales. Por otra parte, la gente vuelve a bailar tango... No, no, no, viejo, lo de Cuba parece que sigue, pero igual se acabará en algún momento... Debemos retomar el flamenco, y todo eso que tenga que ver, que del flamenco fluya todo hacia otras culturas, la cubana, por ejemplo, mezclarlo todo... Tengo a una chica genial. Bueno, pertenece la compañía de Juan Prado. La pareja es una belleza, una joya. ¿Ella? Se llama Canela, es una minita de oro. Pero no sé si duren juntos, tengo una idea, armar un problema entre ellos, inventar un drama, cosa de alebrestar a la prensa... Ya te contaré. Bueno, ve preparando algo, es que la tengo al lado. No, justo en la pieza de al lado... Sí, lo que te digo, la prensa del corazón en España mataría por un chisme a lo gordo. *Bye.*

Canela oyó pasos y se alejó. Tom reapareció.

—Hablaba con este colega que te decía antes, le contaba sobre ustedes, precisamente...

Canela se le plantó delante:

—Me hizo tremendo cráneo cuando Cath te besó y mordió tu boca, creo que hizo así, creo que fue así...

Parada en puntas, mordió suave los labios del hombre, luego chupó su barbilla.

—No, no fue así, tú lo haces con más, con más...

—¿Encono?

—No, por favor, con mayor precisión.

Él se dispuso a abrazarla. Canela retiró las manos del hombre de su cintura.

—Tengo que regresar temprano. Démonos un tiempito más, ¿te parece?

Él aceptó, en apariencia complacido.

—Prefiero las pequeñas dosis a todo el aroma de un golpe.

—Justo a como yo pienso que debe ser. Pero no soy un perfume, papo, soy un tesorito.

—Eres una flor, a eso me refería. Una flor salvaje.

—¿Cómo puede un inglés permitirse semejante ridiculez?

Advertencia del editor, vía e-mail:

Perezosa amiga:
Leí las páginas de tu inacabado libro. Te soy sincero. Nada del otro jueves. Por otra parte, como te sugerí en nota anterior, cada vez se constata un mayor auge de lo policial, en detrimento de lo sensual.

Si puedes añadir elementos personales, revueltos con chismes de celebridades, retornarías al buen rollo, por supuesto, sin perder el hilo, o sea, la cosa detectivesca.

Parece que en Frankfurt habrá mucha novela de templarios, más que de templones. Ja, ja, ja.

Sin más,

SU FIEL EDITOR

En el club nocturno de moda, el *reggaetón* ensordecía a todo volumen. El lugar se venía abajo, a todo meter de jóvenes «perreadores». Pupy, ex bailarín habanero del barrio de Luyanó, alardeaba de su indumentaria humana e improvisaba una coreografía de *Un cubano en Nueva York,* guaracha modificada y adaptada al ritmo de moda, acompañado de esa bullanguera pelirroja de ojos azules que acababa de conocer. Ambiente de revival que rememoraba los turbulentos y excesivamente físicos años setenta.

Juan y los demás de la compañía se despelotaban, bebían y jamoneaban cuanto se les antojaba a las chicas. Al rato entró en el recinto un grupo de cabezas rapadas. Comenzaron a provocar y no demoraron en cogerla en contra de Juan y sus amigos.

—¿Por qué no le damos su merecido a esta mierda negra? Aplastémosle el cráneo —uno de los cabezas rapadas injurió racialmente a un mulato de la compañía.

—Más mierda albina serás tú, so puerco —bembeteó el muchacho.

El barman avisó a Pupy, que sin pensarlo dos veces se aproximó al provocador:

—¡Cubano, métele, que esto se pone caliente de nuevo! —alborotó el barman.

—Oye, tú, calvo, cabeza de nalga, ya te dije el otro día que no te aparecieras por aquí, ¿tú te haces el sordo o qué, asere?

—No armes bronca, Pupy, mira que andan armados —advirtió uno de los asiduos.

El cabeza rapada le espantó un gaznatón a Pupy.

—Ah, tú te volviste loco. —Pupy le saltó encima.

Se armó la fajazón, sangrienta piñasera, navajas en mano, lo habitual de todas las noches. Juan también repartía trompones. Las sirenas de patrulleros no demoraron nada.

Los policías invadieron el lugar, toletes en mano, y repartieron golpe a diestra y siniestra.

Así terminó la primera noche de Liú en el Soho, enredada en una bronca, huyendo de Scotland Yard. Menos mal que le había dado tiempo de anotar el teléfono de Pupy. El hombre era lo que se dice mucho con demasiado, en un descuido se lo había llevado a la oscuridad y, mientras se mateaban, ella le metió un dedo entre las nalgas. A Liú le hacía tremendo cráneo introducir el dedo del medio en el culo a los machos. Pupy se puso reacio al principio, pero después gozó como un felino revolcado en una mancha de sol. Se vinieron y luego regresaron a la pista de baile al son de: «Llévame contigo p'a la oscuridad, p'a la oscuridad, p'a la oscuridad, donde no se vea, no se vea n'á, no se vea n'á, no se vea n'á...»

Detrás de esa pieza musical había tocado el perreo de *Un cubano en Nueva York*, y cinco minutos más tarde empezó la desgracia con los hijoeputas pelados. Liú había vivido unas horas de propulsión a chorro.

Dora entró en la comisaría, vestida de civil, jeans, camiseta, chaqueta de cuero; con entera confianza se dirigió a la oficina de acceso especial. En el despacho la esperaba Randy, muy formal, atuendo de cuello y corbata. Dora tiró un expediente que traía consigo encima de la mesa:

—En este caso he puesto lo mejor de mí, ahí tienes mis conclusiones.

—¿Conclusiones favorables a nosotros, o al sospechoso? —ripostó Randy.

—No es tal sospechoso, no hay dudas de que fue él quien lo hizo. Si te demoras, lo pierdes; es muy astuto, puede írsete de entre las manos...

Randy dio órdenes por teléfono a un subordinado:

—Actúen lo más rápido posible en el caso de Leroy con las dominicanas. —Hojeó el documento—. Es él, no hay duda, traía a las chicas engañadas. Sí, las vendía, o las alquilaba... Apúrense, estará haciendo las maletas, si es que aún las conserva, porque seguro las habrá enviado en vuelo anterior, con otro traficante.

Escondió el teléfono en el interior de una gaveta del buró.

—¡Bravo! Felicitaciones. ¿Algo más?

La mujer se paseó intranquila.

—Sí, y no es fácil decírtelo. Está en Londres, el padre de las criaturas.

—¿Peter Bridge?

—Hombre, Randy, no conozco otro padre de mis hijos.

El investigador observó a través de las persianas que daban a otras oficinas de policías, de espaldas a ella.

—El caso de las chicas violadas y asesinadas, cuyos retratos estuvieron expuestos, seis meses antes de que éstas comenzaran a desaparecer, en la muestra de Peter, donde precisamente ellas actuaron para él, haciendo de víctimas de accidentes de tránsito, dejó cabos sueltos, y aunque se supone que el asesino está en la cárcel, pues... Siempre sospeché de la coincidencia, Peter fue mi marido, y creo que es una persona normal y correcta, pero ha regresado... Tú estabas todavía en México cuando los sucesos, sin embargo, debes saber que él se libró de los interrogatorios, usó certificados médicos emitidos por un psiquiatra muy reconocido e inmediatamente después desapareció. Hace pocos días regresó, quiere relacionarse con la familia, aunque no ha venido expresamente para eso, claro. Acompaña a su novia, o a su mujer, ella es artista. Todos estos años residió en España. Él ignora que después de su partida fui contactada para trabajar con ustedes, piensa que sigo en el laboratorio. No sospecha siquiera que desde antes que él y yo nos conociéramos ya me unía un vínculo indirecto con tu oficina. Peter nunca le dio mucha importancia a que mi padre perteneciera a Scotland Yard, y menos a que muriera tiroteado en una redada, Peter es un ser bastante indolente.

Randy fingió extrañeza:

—Dora, ¿me informas simplemente, o estás pidiendo que reabra una investigación que ha sido cerrada hace ocho años?

—No, no, por favor, es sólo a modo de información. Nos ha visitado en casa, aún no he permitido que vea a los niños, pero... No tengo ninguna duda, el culpable está en la cárcel. Peter no mató a las modelos, fue coincidencia, pero ha venido... Está aquí.

—Ya estaba enterado de su vuelta. Te di la oportunidad de que me lo informaras. ¿Tienes miedo?

—No, no es miedo. Es... no sé, puede que hasta ánimos de venganza. No obstante, tampoco es odio, incluso... Olvídalo, estoy equivocada, no pasará nada. Seguro que no pasa nada.

—¿Seguro, seguro? ¿Con quién dejaste a los críos?

—Con la *babysitter*. No te preocupes, ella es una muralla, no dejará entrar a nadie más que a mí.

Tocaron a la puerta, un policía interrumpió.

—Otro jodido problema con los cabezas rapadas. Y también con el cubano de la discoteca La Mecha. Y ahora unos bailarines andaluces... Esto es ya una sucursal de la Torre de Babel. Hay un turco hecho picadillo, no pasa de los diecisiete años, endrogado, violado decena de veces con métodos que les detallará el criminalista, estrangulado, cráneo machacado; todo parece indicar que fueron los rapados antes de llegarse por La Mecha. Lo de siempre, venganza, el turco robó y violó a la hermana de uno de ellos. Tenemos a los padres del chico... ¿A quiénes ordeno al interrogatorio?

—A la banda habitual. Dos de los cuatro mejores, ya sea Jeff, Marko, Lou, Fernand. ¡Estos cabrones cabezas peladas ya me están cociendo los huevos!

—El Francés está en la calle, de pareja con Ray —anunció el policía.

—Puedo hacerlo yo... —Dora observó a través de los visillos a los detenidos.

—¿Cómo es eso? ¿Quieres salir del anonimato? ¿Entras en acción? —Randy, asombrado de la actitud de la mujer.

Ella se encogió de hombros.

Juan fumaba, alejado, en el objetivo de la mirada de Dora a través de las persianillas.

De madrugada, en la celda destinada a los interrogatorios, el frío cuarteaba la piel. En el interior esperaba Pupy, el cubano. Presentaba el rostro amoratado, las manos crispadas se aferraban unas a otras encima de la mesa, nervioso. Entraron Dora y Marko.

—Pupy, el cubanito, vaya, vaya, qué sorpresa grata. Otra vez por acá... —silabeó Marko.

—Culpa de los calvos alemanes, hijos del coño de la madre que los parió...

—No me interrumpas, Pupy. Te presento a mi nueva pareja, al menos por hoy. Ella es Dora, y te juro que tiene muy mal carácter.

—Sí, autoridad, se ve a la legua que no es fácil —vaciló el cuerpo de la policía, con mirada sabrosona, simpaticón—. No será porque le falte cara de mala.

—No te aconsejo las bromas. Esta vez hay un muerto, un adolescente. ¿Sabes algo de eso?

—Nada, no sé nada, no soy un asesino. No fue en el club. Yo me berreo, y me fajo, y defiendo a la gente. Sólo cuido del bar La Mecha. Trabajo allí como animador, bailo, canto. Y boxeo. Que ya aquello es más ring de boxeo que discoteca.

—*La Meca* es un sitio bastante caliente, y problemático...

—Perdón —se burló—, no es *La Meca*, la Meca es el templo ése de los moros. ¿No? Esto es *La Mecha...* de fuego, de candela.

Dora dio un puñetazo sobre la mesa.

—¡Déjame terminar, o te prometo que pierdo la paciencia!

Escribo con desenfreno, es mi cuarto Moleskine en un día. Escribo para intentar distraerme, hoy operan a un amigo, de cáncer. Tengo que seguir con esta novela de mierda, que ya no sé si es policial, erótica, o qué.

Desde la terraza de este apartamento alquilado en un blanco pueblecito andaluz, admiro el mar, da la sensación de que si estiro el brazo puedo tocar el oleaje.

Bajé a comprar los periódicos, todo mierda. No me extraña que la novela sea una mierda. El mundo lo es, la vida lo es.

Noticias de famosos y de políticos, la caca de siempre.

La gente normal, como si no existieran, salvo en la miseria. ¿Se han fijado que si hacemos caso de los telediarios sólo existen políticos, dictadores, famosos y pobres?

¿Qué se hicieron los verdaderos artistas?

Atardecía de color anaranjado. En un bar-restaurante del Soho, Peter esperaba a un conocido mientras bebía una cerveza. Al instante apareció Willy, un amigo de su época de fotógrafo; emocionados, se fundieron en un abrazo.

—Deberías haberme escrito, pensé lo peor.

—No, hombre, estoy bien vivito y coleando. Entonces, ¿se acabaron para mí los problemas?

—Hay un tipo en la cárcel, confesó los crímenes, pero siempre quedó en tela de juicio, o sea, en duda, la coincidencia de tus fotos. El tipo declaró no conocerte para nada, lo cual te complicó más... Hubo un psicólogo que señaló que el hombre padecía de paranoia y de «famosismo», quería ser célebre a toda costa, y por eso mató, o...

—¿O qué? Explícate.

—O no lo hizo él, y se echó los crímenes encima para salir en primera plana de los diarios. Se irritaba bastante cuando mencionaban tu nombre como probable autor de los hechos, lo cual resultaba peor para ti. Pero no me digas que no estabas al tanto. El hombre ansiaba ser famoso a toda costa, lo logró durante un tiempito, ya nadie habla de él, matar se ha vuelto tan común...

—No, bueno, algo leí, como supondrás, no mucho, nunca más he podido leer la prensa de manera natural. Pero hablemos de ti, de los otros, estoy muy feliz de verte, Willy, de verdad...

Richard quiso invitar a su colega Norman a una cerveza. Más bien quedaron en comer algo ligero, aderezar el refrigerio después con un par de cervezas negras, dos cafés, y más tarde regresarían a casa; el día había sido duro en el despacho de la compañía. Pasaron rozando la mesa donde discutían Peter y Willy, y fueron a instalarse en la parte trasera, donde podían apreciar otras mesas cubiertas de manteles rojo punzó.

Norman confesó que se alegraba de la transformación de Richard, en menos de una semana su semblante era otro, iluminado, dichoso, a un tanto de lo espléndido. Richard, sintiéndose piropeado, ajustó su corbata, estiró las puntas del cuello de la camisa azul pálido, tosió con discreción. El camarero se apresuró a atenderlos; las ensaladas de aguacate y camarones serían perfectas, acordaron. Richard le comentó que había conocido a una mujer.

—¡Otra más! —exclamó Norman.

No, no era como con las anteriores, no lo que él se imaginaba: lecho, leche y basta. Para nada, esta vez a Richard le colmaba una rara sensación de seguridad con ella.

—El peor tormento de los heterosexuales es que lo primero es la seguridad, el paso en falso los pone al parir —señaló Norman, en ademán mariquita.

—No estoy de acuerdo, te equivocas. Esta mujer, es

cierto, se cuida, todo el tiempo prefiere mantenerse distante; sin embargo, su presencia me resulta protectora, incluso puede ser arrolladora. Para nada anda apabullándome con el matrimonio. No es mi dinero lo que le interesa, no ha tenido tiempo de saber mucho de mi fortuna. La arrebato sexualmente, ella igual a mí, muchísimo, al punto de equivocarme y de ponerme ciego celoso en segundos, por cualquier tontería. Nos comunicamos más allá de las palabras, con roces, intuiciones, miradas. Probable que esté ilusionado, y que la ilusión sea el origen.

—El origen del mundo —pronosticó Norman—, lo que me cuentas es tan antiguo como la noche de los tiempos, querido. Es flechazo, amor a primera vista. El origen del mundo es como cuando te inicias en el olor de la papaya, en plena infancia, allá en el campo cubano. ¿Conoces el cuadro de Gustav Courbet? Un sexo de mujer abierto, peludo, suculento, el vientre plácido, la punta del pezón que asoma debajo de la tela de la blusa. Y el sexo que engulle. ¡Ay, cielo santo, si yo tuviera esa papaya en lugar de esta morronga! Dijiste, y cito: «La arrebato sexualmente»; ja, ja, ja, por favor, qué poca humildad.

Norman, nacido en Londres, era hijo de cubana con inglés, razón por la que dominaba el argot de Guanabacoa con acento de Oxford.

—¿Ves aquel señorón todo muy puesto, cual búcaro encima de una coqueta, en la mesa a la izquierda? Ese cuerpecito fue mío —señaló a Willy—. ¿Dónde crees que lo conocí? En el famoso club de locas latinoamericanas La Escuelita, en Nueva York, somos de la misma edad. Él estaba sentado en las piernas de un gordo seboso que le mordisqueaba las orejas, yo acompañaba a una mariquita de ciento un años. Esa noche nos fuimos los cuatro al apartamento de la reliquia decimonónica. Tuve que ayudar a Willy a levantar las cien libras de grasa de vientre para encontrarle la pirinola al cincuentón obeso. Mientras él mamaba, yo introducía mi sable por detrás. El viejo miraba, era el único placer al que podía acceder. También le autoricé a que me chupara los pezones, por lástima. Willy y yo desandamos en ese Nueva York de los ochenta que no puedes ni intuir lo que gozamos, nos íbamos los fines de semana para las saunas y podíamos templarnos entre él y yo a ciento y un mil y tantos tipos. El primero que regresó a Londres fue Willy, cuando nos volvimos a encontrar se había casado con una bailarina de un gogó, de raja igualita que la del cuadro de Courbet. Me reprochó que yo continuara en la mariconería, para él ser ganso era un desliz de juventud. Decirme eso a mí, ¿te enteras? A mí, que le había visto dar el culo como quien ofrece una limosna a un desamparado, con devoción religiosa. Me apartó, nunca más ha querido hablarme. Ahora alardea con que se casó para fundar una familia, tener hijos. Le espeté, mira, chico, yo no soy tan de rifirrifí como tú, yo sí soy mariconísimo, una loca de pura cepa, no me jodas. Cada cual que elija. Elegir resulta de un poder regio. Y además, él no se había casado con la Virgen María, sólo con una arrepentida bailarina de un gogó.

Richard, sonrojado, le había permitido chacharear, estaba habituado a las parrafadas escandalosas de Norman; y le admiraba por todas las barreras que había debido tumbar para salvarse del racismo y ocupar el puesto que ocupaba. Richard ansiaba conocer su opinión sobre el nuevo romance.

—Tú, vive la vida, corazón, que aquí lo que hay es que vivir la vida.

Obtuvo como toda respuesta: ¿pero y si se enamoraba?

—Mejor, niiiño. La vida sólo puede vivirse con amor, lo demás es fruslería.

—¿Y si es solamente sexo lo que ella busca?

—¿Tienes indicios de que por ahí va la cosa?

—En el avión, su amiga me desabotonó la portañuela y me hizo una felación en lo que yo la masturbaba a ella.

—Por favor, Richi de mi vida, puedes usar la frase «me chupó la yuca», mientras «yo le resbalaba el quimbombó»; estamos en confianza. Todos queremos sexo, lo que sucede es que somos muy hipócritas. Todos queremos todo: sexo, amor, incluso pasión, y felicidad, ¿por qué no? Y odio, y muerte, aunque no lo pidamos, vienen incluidos en la factura.

A trasluz adivinó la identidad del majestuoso cuerpo de la mujer, delineado por la luz desde el exterior, cuyo rostro le velaba la sombra interior del recinto. Ella saludó a Willy y a su acompañante. Con mayor familiaridad a Peter, palmeándole la encorvada espalda. Entonces fue a sentarse a la mesa esquinada, pidió una copa de vino y hurgó en el bolso. Extrajo el mazo de cartas que desplegó encima del mantel.

—Es Ada —señaló Richard.

—¿Ada, aquí? Imposible, me hubiera contactado —se extrañó Norman—. ¡Ada, cacho e'cabrona, eres tú!

Ella se unió a la mesa de Norman y de Richard. Se abrazaron efusivos. Mostró una carta resbalándola del mazo:

—Éstos son ustedes. Lo sabía. La madeja empieza a desenredarse.

A unos cuantos edificios de allí y tres horas más tarde, Canela escuchaba guajiras y cantos de ida y vuelta en discos compactos. Indecisa, tomó el teléfono en dos ocasiones, pero, arrepentida, continuó hojeando un libro de fotografías. Volvió a levantar el auricular.

—Tom, soy yo, Canela. Ya que me dijiste que podía llamarte a cualquier hora...

—Soy un hombre dichoso, qué alegría, estaba rogando porque sucediera.

—No quiero que lo interpretes mal, pero se me ha ocurrido una idea... En relación con tu proyecto de Nueva York...

—¿Nos vemos ahora, o en otro momento?

Ada surgió medio desnuda del cuarto de baño, con un bobito de yersi rojo, todavía secándose los cabellos con la toalla color mamoncillo:

—¿Qué bicho te ha picado, tú? ¿Vas a irte tan tarde para la calle?

Canela se encogió de hombros:

—No protestes. Tú acabas de llegar, como quien dice.

—¿De verdad crees que puedo quedarme en la casa? No vaya a ser que Peter llegue y me eche. Le he visto como malhumorado en el bar, hace un rato... —Ada sacudió la cabeza, salpicó de agua a su alrededor—. Yo que tú consultaba las cartas antes de irme.

Canela aceptó. Ada hurgó en la cartera y sacó el bulto de barajas. Sentadas a la mesa de la cocina, la amiga colocó las cartas hacia Canela.

—Esto está extrañísimo. Por el momento hay un ser

poco palpable. Que no es Peter. Es alguien de hace mucho tiempo, digamos que un espíritu. Muchos hombres en tu camino. Triunfo, pero soledad al final. Debes cuidarte, peligro. Veo oscuridad, y luz. Mujer, dice por aquí, a ver, y también eres hombre... Chica, qué raro está todo, espera, tengo que analizar esto. Además, te me cruzas con Richard y con una desconocida...

—¿Quién es Richard? Ada, no tengo tiempo, mañana me dices lo que viste.

—Richard es un antiguo amante, de mi época de Miami, de cuando colaboraba de vidente para la NASA. Espera, no te vayas todavía, es importante. Un bailarín que reencarna en ti. Puede ser. Debe ser, raro, pero está clarísimo. Y sangre, no entiendo lo de la sangre, pero es como para preocuparse.

—No bromees, Ada, me largo. A ver si despejo.

—Allá tú con tu condena.

Canela subió al taxi. No se percató de que Peter se aproximaba a la casa. El auto se marchó y Peter abrió la puerta del edificio, persiguió el vehículo con la vista para en seguida desaparecer en el zaguán. Al llegar al apartamento intuyó que no se hallaba solo. Segundos después, Ada le recibió nerviosa:

—Soy yo, ¿me recuerdas? Soy Ada, nos vimos dos o tres veces. No deseo molestarte, o sea, ser una carga para ustedes, no quiero. Es que todavía no he podido alquilar, y Canela ha tenido la amabilidad de invitarme.

—Estás en tu casa, Ada. Me alegro de volver a verte. No tienes que enrollarte en tantas excusas. Aquí manda ella, se hace lo que ella diga.

Ada reculó y se trancó en el cuarto.

Peter fue directo al improvisado laboratorio. Allí se

dio a la tarea de revelar los negativos de las jóvenes asesinadas, aquellas de cuando habían posado para él fingiendo ser víctimas de accidentes de coches, y de un violador que las estrangulaba. Peter contempló extasiado ante el enigma premonitorio de las imágenes. Recordó cuando lo obligaron a ir a identificar los cadáveres. En su mente comparó las heridas ficticias con las verdaderas. Sonrió satisfecho; sin embargo, un rictus de inquietud ensombreció en su rostro.

—La realidad es más enigmática y... más tentadora...

Tendió las cartulinas en un cordel para finalizar el proceso de secado.

Salió del laboratorio fulminado por el presentimiento de futuros y muy cercanos instantes de sucesivas emociones. El cuarto estaba cerrado herméticamente, preparó el sofá para acostarse, pero antes decidió refrescar su cabeza con un chorro de agua helada.

Carta del editor:

Querida autora:
Tu texto es un orgasmo público, con tintes policiales, no vas
tan mal. Pero fíjate, ahora la cosa se va volteando hacia el tema
histórico. Quién quita que regrese el revival *de las novelas testi-*
monios, o los testimonios a secas, como es el caso de esta mujer
que intenta colarse en las televisiones y siempre que puede saca
el cadáver de su padre narcotraficante, y lo exhibe inescrupu-
losa, como quien muestra el último modelito de Agnès B. Me re-
fiero a la señora Indiana de la Vigilancia, ¡cómo logra engañar
con esa teatral sofisticación! Escribió uno de los libros más me-
diocres de la historia testimonial, pero por ahí va la cuestión,
aunque no ha vendido nada de nada.

Ya me entenderás. De todos modos, piensa en el asunto de la
novela histórica, pero nada de historia contemporánea. No, ha-
brá que irse lejos, ¡bien lejos!
Aprecio tu esfuerzo,

EL EDITOR

Un día duro es un día duro, cuanto y más para un policía que lleva varios casos de robos y asesinatos sin resolver ninguno. En la comisaría, Dora y Marko interrogaban al cabeza rapada a punto de caer extenuados. El tipo no escuchaba, en su mente tenía montada una música estridente, ensordecedora. Aunque Marko se vanagloriaba de ser calmado, se notaba que estaba perdiendo la paciencia con el hombre. Dora, todo lo contrario, se mostraba muy violenta, a veces se paraba y le gritaba en plena cara. El delincuente, más furioso aún, le sostenía la mirada con rabia, un brillo asesino en las pupilas. Marko continuaba merodeando la silla del detenido. Dora no pudo contenerse y primero golpeó en la mesa, para en seguida arrearle un puñetazo al calvo, quien a pesar de su robustez fue tomado por sorpresa y se derrumbó de la silla al suelo.

—Aguanta, aguanta. Te muestras muy agresiva, es lo que éste quiere, que pierdas la paciencia. ¿Descansamos? —inquirió agitado Marko.

Dora hizo ademán de que iba bien.

Así fueron cambiando de celdas hasta terminar agotados.

—Te lo digo por experiencia, cuarenta y cinco minutos con cada uno, en interrogatorios preliminares como éstos, es suficiente para obtener las primeras declaraciones... Al cubano y al español me los pones de patitas en la calle. No cabe dudas, el calvo estuvo en el asesinato del turco.

—Hagamos de todas formas la llamada al Tom Bent, el del teatro.

—Okey, sácalo.

Marko quedó repantigado en su sillón de cuero, encendió un habano mientras Dora liberaba a Juan. La policía condujo al bailarín a un teléfono.

—Vas a marcar el número que nos diste, hablarás tú, luego nos pasas al señor Bent.

Juan hizo caso. Esperó respuesta.

En la casa del empresario, Canela y el hombre escuchaban un fragmento del disco de un nuevo cantante de flamenco. Canela se paró del asiento y comenzó a improvisar, mezcló magistralmente retazos de guaguancó con fragmentos de soleá por bulerías. Sonó el teléfono.

—Hola, Juan. ¿Qué sucede? —respondió el empresario.

Canela detuvo el disco con el telecomando, sus ojos se entrecerraron felinos, atenta.

—En seguida voy a buscarte, no te inquietes... Pásamelos —esperó unos segundos—. Sí, señora, soy Tom Bent, el mismo: para más seguridad iré en persona a por Juan Prado. No, por favor, no es molestia ninguna... Gracias, de acuerdo, sin la menor duda. Llegaré dentro de unos minutos.

Colgó e informó a Canela, que esperaba ansiosa una explicación

—Disculpa, debo ir a buscar a Juan a la comisaría...

—¿Qué pasó? Espera, voy contigo.

—No es necesario.

—¿Cómo que no? Oye, que se trata de Juan.

Él deslizó la chaqueta por encima de los hombros de ella, y ella recogió el bolso, se marcharon al minuto.

Dora recibió a Canela y a Tom Bent. Canela presintió una energía extraña de parte de la policía hacia su presencia. Juan surgió de otra oficina acompañado de Randy, el comisario.

—Por favor, vengan hacia acá. Deberán disculparnos, es que hubo violencia, y esto coincidió con el asesinato de un chico inmigrante. El señor Juan Prado no tiene nada que ver con lo segundo, le hemos presentado excusas, la bronca fue en legítima defensa... —admitió la agente.

Randy se unió a ellos, junto con Juan:

—Le hemos pedido disculpas al señor Prado —reiteró— por el tiempo que le hemos retenido, pero era inevitable, él estuvo en el centro de esa bronca en la discoteca La Mecha; para mayor azar, se peleó con uno de los sospechosos del crimen... Perdonen ustedes... La señorita es su novia, supongo... —apuntó a Canela hablándole a Juan.

—Es Canela Molina, primera bailarina de la compañía, mi mejor amiga.

Dora no le quitaba la vista de encima a Canela.

—Está usted libre.

—Mi abogado tendrá algo que decir sobre el asunto —masculló Tom Bent.

Dejé de escribir. Otra carta del editor, la rompí sin abrir el sobre. Me acechaba desde el cesto de la basura.

Hoy recibí 752 e-mails. Casi todos mensajes de organizaciones políticas. Otros de lectores que extrañan mi columna en el periódico. No sabía que tanta gente leía sobre ballet.

Recién bañados, cabellos húmedos, Juan, con los ojos idos en su ensimismamiento, se dejó acariciar las tetillas y la pendejera de alrededor del ombligo. Se hallaban en el apartamento del bailarín.

—Nos quedan dos horas de sueño —rezongó Canela.

—¿Cuéntame, so descara'íta, qué hacías tú con Tom? ¿Pasó a recogerte, o estabas en su casa?

—Pasó a buscarme, claro, yo estaba despierta, no demoré nada...

—No te creo, ni un tanto así... O te lo estás amolando en la piedra o te ha propuesto algo en que no estoy incluido.

—Allá tú con tu chiveta, papito. Estaríamos empatados, tú con Cath y yo con el Tom, *match* nulo, como dicen los franceses.

Ella lo besó en los labios. Él se dejó hacer, después la mano rozó el pene y él la apartó.

—Canela, Canela, no juguemos, mira que tenemos estreno dentro de dos semanas... Hay que descansar para el ensayo de esta mañana...

Durmieron menos de tres horas.

Hacia el mediodía, en el apartamento de Canela y

Peter, sonó el teléfono. Él esperó la voz en el respondedor automático:

—Hola, Peter, ¿estás ahí?, responde; anoche tuve que acompañar a Juan, pues pasó toda la noche en la comisaría y... Bueno, nada, que no estás otra vez... En fin, te explicaré luego por qué no pude ir a dormir ahí...

No descolgó el teléfono. Se dirigió a la mesa y escribió una nota:

Mensaje recibido. Yo también llegué tarde. Me ausentaré unos días. Iré al campo con esos amigos de los que te hablé. No te invitan porque les dije que estarás muy ocupada. En cualquier caso, te llamo más tarde para dejarte un número de celular. Besos, hasta pronto.

Luego fue hacia la puerta y huyó disparado a la calle.

La nota fue leída bastantes horas después. Canela encontró el papel dejado por su marido encima de la mesa.

Suspiró, aliviada. Entonces se apoderó de un maletín más grande que el habitual y guardó dentro ropa para varios días. Intentó destrabar una de las gavetas y la zafó, del fondo se desprendió un sobre que estaba pegado debajo de la endeble madera. Lo abrió, descubrió horrorizada unas fotos tomadas y firmadas por Peter junto a reveladores recortes de prensa. Guardó a prisa el sobre en el maletín. Indecisa, dio algunas vueltas todavía por el apartamento y por fin se echó el equipaje al hombro.

—No debes darle la espalda. Rechazándole sin enfrentarlo empeorará la situación —profetizó Ada, que acababa de entrar; hojeó los documentos que su amiga le mostraba.

—Estoy muy confusa. Harta, sí, eso es lo que estoy, harta.

—Hasta yo, que no tengo nada que ver en esto. Normalmente puedo dilucidar con mi capacidad de videncia y de adivinación. Pero te digo que la cosa se enmaraña.

Canela dejó resbalar el maletín de su hombro.

—¿Recuerdas que hace tiempo te conté que tenía la impresión de que me visitaban unas presencias raras, y no durante el sueño, en entera vigilia?

—No lo olvidé. El duende. Tu visitante ha crecido en dimensiones espirituales. Es incontrolable, estuve analizándolo...

—Hace unas semanas sucedió lo mismo, pero más fuerte, muy amoroso. Un hombre al que no pude retener, como un espíritu fugaz, y al mismo tiempo demasiado palpable. En Sevilla, yo iba bajando la escalera e impidió que me cayera, quiso hacerme el amor, y me negué, desapareció... Aquí, en el corredor del New Absinthe, me poseyó, te lo juro, no te miento.

—¿Y no era Peter, ni Juan, ni ningún otro u otra de la compañía? Duermes mal, lo noto. ¿Mariahuana, hachís, u otra droga dura? Ya lo creo, el duende. El visitante.

—Nada, nada, por favor. Sé que esto no tiene nada que ver con las fotos, y al mismo tiempo es como una alarma, un aviso del destino.

—Hay un hombre, un muerto, muy muertecito, y muy poseído de ti. Un artista. O un loco. O ambas cosas. Se ha posesionado de tu duende. Me da pena dejarte sola en estas circunstancias, pero conseguí un sitio, en el edificio donde alquila Purillo, él es un solitario puro, lo sabes. Prefiero irme, no quiero problemas, te los daría. Y ya sabes dónde me hallo, para lo que sea.

En el contestador automático:

Querida duende:
Porque en eso creo que te has convertido, en una duende. Y yo sigo siendo el pobre editor. No contestas mis llamadas, no respondes mis cartas. ¿Sucede algo? ¿Te hice daño sin querer?
Tengo la certeza de que me estás escribiendo un bestseller antiarmamentista. Ir en contra de la guerra, como cuando Vietnam, es lo que empieza a vender. Los libreros sólo piden eso, bombardeos y más bombardeos, pero con una postura clara, un compromiso, lo anti war.
Te envío, no una granada, un beso.
Ah, por favor, no olvides implicarte en el texto. Confiésate y desnúdate hasta los tuétanos.
Sin más,

EL EDITOR

Anochecía, la descubrí muy triste deambular por la ciudad, iba por una de esas calles sin una alma a esas horas, arteria de asfalto que desemboca en King's Road, cargando siempre su enorme y pesado equipaje, el rostro crispado. Estuvo sentada en un parque, cabizbaja y reflexiva, por fin se decidió y reemprendió camino. Era una mujer anónima en su melancolía, devorada por la gran ciudad, y eso la hacía más atractiva. Quien la perseguía también pasaba por un desconocido, en la actualidad muy pocos podrían haber averiguado su nombre. Sin embargo, en otros tiempos había sido una de las grandes figuras del ballet, una celebridad insospechada. Nijinski no perdía ni pie ni pisada de su obsesión: Canela.

Richard no entendía por qué caminaba yo tan de prisa detrás de esos dos. No podía explicarle lo que yo misma no alcanzaba a comprender. Por fin me detuvo, airado, y me acorraló contra un muro. Eso de imponerse hacía tiempo que ningún hombre lo hacía conmigo, doblegarme, morder mis labios a la cañona. Amenazarme con que si no me estaba quieta nunca más lo vería. Yo no quería romper. Me sentía cómoda viviendo esta experiencia, donde por fin podía posponer mi mandato, pasarlo a sus manos, postergar mi autoridad. Richard era —como todos— egoísta, y también eso me convenía, como pretexto para frenarlo y alejarlo en cualquier momento, pero por ahora me sentaba bien su compañía, era saludable, podía dormir sin pastillas. Y mi mejor amiga lo adoraba.

Entre Liú y Richard nació en poco tiempo una simpatía basada en los límites, la amistad que empieza por el sexo y no a la inversa, creo que más duradera que lo opuesto. Por otra parte, Liú nos había presentado a su conquista londinense de la primera noche, ambos esperábamos a un británico de pedigrí cuando nos sorprendió con un habanero rastrapero del barrio de Luyanó.

—Por mucho que atravieses el océano, el destino nadie te lo logra torcer, ponle el cuño —enfatizó Liú.

Hacía una semana que estábamos en Londres y parecía que había transcurrido una eternidad. Quizá debido a la sensación de extrañeza que aquella noche embrujaba mis presentimientos, después de haber escrito durante cinco días sin parar y sin pegar los ojos. Perdí el sueño. La escritura y la presencia de Richard perturbaban mi ciclo normal de reposo. Habíamos quedado con Liú y con Pupy en el bar-discoteca La Mecha.

—Déjame ya, llegaremos tarde —lo rechacé con un leve empujón.

—Como quieras.

Nos extraviamos caminando, por mi culpa, renuente a coger un taxi. Canela y Nijinski habían desaparecido de mi visualidad, y me sentí aturdida con la constante presencia de mi amante. Seguí adelante más con el ánimo de volver a hallar al fantasma ruso y a la rumbera que de dar un paseo a la luz de la luna, como pensaba Richard.

Ni escribiéndolo podría haber predicho que hallaríamos a Juan y a Canela en una mesa, apartados de la pista de baile. Liú se besuqueaba con Pupy, como quien apacigua a un sediento machetero permanente, tuvimos que interrumpirla, pues no conocíamos a nadie más y el sitio estaba repleto. Me sorprendió distinguir a Canela con el sevillano en una mesa, y creo que algo comenté a Richard, quien no pudo oír bien a causa del ruido, y se marchó a traerme una copa.

—Estoy que no sé qué hacer con esto de la enfermedad del padre de Purillo, a menos de una semana del estreno y se nos tiene que ir... —Juan aprovechó que el disc-jockey bajó el volumen y cambió la estridencia por un suave bolero de Ñico Membiela a petición de Richard.

—Pero, bueno, hay un contrato, he tratado de prevenirle, y no puede fallarte así... —Canela se propuso tranquilizarle.

—No, se irá, es lo justo, tendré yo que cubrir el hueco que me deja, intentaré una nueva coreografía, o seguir la que le correspondía...

—Juan, siento mucho tener que hablarte de esto... Pero hace una semana que guardo un secreto, no puedo aguantar ni un minuto más, no quería inquietarte, pero de verdad, no puedo más... Hace una semana que no sé de Peter, desde que se fue no ha llamado, como dejó dicho que haría... Ando mal de los nervios.

—No pasa nada, Canela, estará de marcha con sus amigos. Tal vez hasta esté haciendo fotos, ¡qué sé yo!...

—Eso me temo, mira esto... —Extendió el sobre de las fotos por debajo de la mesa—. Míralo con discreción.

Juan encendió una diminuta linterna de llavero para

conseguir estudiar las imágenes con cuidado. Su asombro lo dejó apenas sin poder reaccionar:

—Pero esto quiere decir... —Iluminó un fragmento de periódico—. Joder, Canela, esto es muy serio, tendrías que habérmelo dicho antes.

—Deberíamos avisar a la policía, rápido, ¿no?

—¿A una semana del estreno? ¿Armar escándalos a una semana del estreno, tú fumaste y no invitaste? ¡Mujer, qué dices! Esperemos a que aparezca, ya veremos después, ahora ni hablar.

Canela quedó boquiabierta. En eso cambió la música por un zapateo cubano. Pupy empezó a remenearse en una mezcla de guaguancó y fetecún campesino. Alrededor de él se armó una rueda, júbilo, admiración. Pupy era un bendito profesional y a Liú le costaba seguirlo, pese a que ella también se movía que se caía el dinero. Juan colocó el sobre conteniendo las fotos a un lado y embebido contempló el espectáculo.

Canela comprendió que a Juan se le había alumbrado el bombillo, y que acababa de ocurrírsele la idea de sustituir a Purillo por este muchacho. Advirtió angustiada que ella le importaba un comino a Juan. El gitano se separó de la mesa, abandonó a su amiga y fue a reunirse con el grupo de bailadores.

Richard murmuró:

—Aquella mujer —señaló a Canela—. Se da un aire a ti. Así te conocí, sola, al acecho...

—Lógico. A ella la inventé yo.

—¡Los invito a casa, sigamos la fiesta en mi piso, el bar cierra ya!, ¿no? —alardeó el hombre.

En efecto, las horas habían pasado veloces y el establecimiento apagó las luces en señal de que debíamos irnos.

Dos personas vinieron a invitarnos a Richard y a mí. Liú, quien gozosa se había encasquetado un gorro cosaco, llevaba polainas de charol hasta encima de las rodillas, y se tiró encima una capa militar imitación armiño adquirida en las tiendas Harrod's. Después, esa tal Ada —ya no podía investigar si real antigua amiga de Richard, o culpa pretenciosa fraguada en mi ficción— también se acercó a nosotros para incitarnos a que no nos perdiéramos la fiesta.

El apartamento de Juan se encontraba ordenado y amueblado con gusto, cosa rara en un bailarín, pensó Richard, que era como él se imaginaba a los artistas, muy regados. Pupy, el cubano, intentó sacar confianza conmigo presentándome a un grupo de amigos de la discoteca. Canela apenas hablaba, disgustada, persuadida de que Juan menospreciaba su sufrimiento.

Dudé si estaba empezando a enloquecer, o si me estaba contagiando con Nijinski, mi psicótico predilecto.

—Trae unas cervezas, porfa —ordenó Juan a Canela.

Canela acudió a la cocina, sirvió las cervezas en vasos alargados, siempre pensativa, por lo que no advirtió la sombra dilatada en la pared.

Él adhirió su mano abierta a la espalda de ella. Nijinski la repellaba con el tolete duro. Ella se volteó y no lo reconoció. Sólo cuando él secretó en su oído rogándole que conservara el equilibrio, que no aspaventara, ella pudo identificar la voz del desconocido de la escalera en Sevilla, el mismo que la había hecho venirse con cautela en el pasillo del teatro. Era un hombre de cuello elevado y grueso, de hombros corpulentos, mirada extraviada en las pupilas suyas. Las manos inmensas, pero suaves. No muy alto de estatura. Bailarín, seguro, no dudó Canela.

Mordisqueó sus senos, le dolieron; pero ella ansiaba el dolor. El hombre olía a caña, a guarapo, y lucía una alianza de casado. Qué carajo me importa, se dijo Canela. Ella tomó la gorda y larga picha de cabeza babosa y se la introdujo en la papaya mojada. Sus senos chocaban con el pecho rudo a cada empuje de la verga en su vagina. Estaba a punto de venirse cuando, a quejido puro, él le propuso una maldad:

—Echemos mi leche en la cerveza. —Eyaculó encima de los vasos alineados en la bandeja, la espuma creció aún más.

Después abrieron una botella de vino rosado. Bebieron hasta la mitad, la otra mitad la llenó ella de un orine claro a exigencias del visitante.

En el salón, la gente se había emparejado, bailaban apretados, al ritmo de *Extraños en la noche* de Frank Sinatra. Busqué a Richard entre las parejas, Ada lo acorralaba, y él, asustado, me hizo señas de que fuera a salvarlo. Liú se mateaba al descaro con Juan, con el beneplácito de Pupy, quien se sobaba el manda'o rescabucheando a la pelirroja, ella lamía el torso desnudo y moreno del gitano.

Por fin pude desapartar a Ada de Richard, para nada con brusquedad, fue sencillo, conseguí una chica lesbiana de las amigas de Pupy, sólo tuvo que deslizar su mano con el dedo del medio ensalivado por detrás de las nalgas de Ada, debajo de la minifalda de cuero, hasta alcanzar su clítoris, frotó suave unos minutos. La otra se fue con ella sin chistar, los ojos virados en blanco, a causa del llameante deseo.

Richard se sintió empequeñecido, abrumado. La ingenuidad de Richard ya me estaba llenando la cachimba. Aclaró que en otra época se hubiese incorporado al pastel en un abrir y cerrar de ojos, sin pretextos, pero le fastidiaba participar de algo que él no había organizado; para colmo, Richard buscaba la sobriedad, harto de haber engañado a su ex esposa, cansado de haber experimentado escenas como éstas por montón, ahora ansiaba la paz de un amor correspondido. En una palabra, era un amante divino, pero como quiera que sea, también un esposo arrepentido de sus antiguos jolgorios, nada peor para mi espíritu anticonvencional. Todavía desconsolado por la reciente separación, Richard no paraba con la candanga del mea culpa.

—Yo te amo —mentí para que se sintiera transportado a la cumbre—, pero sin embargo no he vivido las experiencias que ya tú viviste, déjame intentarlo, así estaremos parejo, y mi amor por ti será más profundo.

No sé por qué se me ocurrió tal estupidez, sus ojos se aguaron, entonces dijo que prefería esperarme en el apartamento. Asentí, sin una frase que le aliviara, sabía que lo único que podía reanimarlo era la mentira. Si me hubiera ido con él, obediente y pacífica, nuestra relación estaría condenada al hastío, no le hubiese dado ni una semana de duración. Liú acudió a la puerta y quiso impedirle la retirada, pero cedió ante la inquietante seriedad de la melancólica mole.

Entonces me largué con Pupy, yo sabía que con él la noche prometía, y como supuse, el tipo era tremendo palo. Pero antes de que nos cobijáramos él y yo en una habitación, Canela y Nijinski aparecieron con las bandejas de cervezas eyaculadas y los vinos meados.

—Ya era hora, jodé —Juan le reviró los ojos, odioso, sin interesarse en el desconocido recién llegado.

Más tarde, en el cuarto donde Pupy me partía el culo con su tranca más tiesa y más dura que el hierro, también se hallaban dos chicos, espadachines con sus sexos brillosos de esperma, cual sables de samuráis. Uno de ellos se había injertado silicona en los pechos. Pedí permiso para tocarlos, al tacto no me agradó ni un ápice la excesiva tensión de la piel. Caray, de buena gana me hubiera llevado a Pupy a casa y convencido a Richard de que hiciéramos el amor los tres. Pupy estaba listo para cualquier experiencia. En materia de templeta, no tenía paz con los sepulcros, le daba lo mismo chicha que limoná. Con tal de ver la leche correr, insistió mientras nos agitábamos en el palo del pespunte, una puntada en el ano y otra en la vagina.

Recortes de prensa recibidos de parte del editor:

«En Vitoria, un hombre apuñala a su mujer. Declaró que lo hizo para hacerse famoso.»

«A la famosa cantante OA le explota un seno de silicona en pleno vuelo aéreo. La compañía le pone una demanda por alteración del orden público.»

«El marido ex terrorista de Indiana de la Vigilancia plagia a un cineasta cubano. La película robada se presentará en un festival de cine holandés.»

Lista de los libros más vendidos:

1. *El código Da Vinci*. Dan Brown.
2. *La conspiración*. Dan Brown.
3. *Ángeles y demonios*. Dan Brown.
4. *La fortaleza digital*. Dan Brown.
5. *Deception Point*. Dan Brown.
6. *Harry Potter y el cáliz de fuego*. J. K. Rowling.
7. *Harry Potter y la piedra filosofal*. J. K. Rowling.
8. *Harry Potter y el príncipe mestizo*. J. K. Rowling.

9. *Harry Potter y el prisionero de Azkaban.* J. K. Rowling.
10. *Harry Potter y la cámara secreta.* J. K. Rowling.

Yo leía *La mujer justa,* del escritor húngaro que se suicidó un día antes de la caída del Muro de Berlín: Sándor Márai.

Dora esperaba a los pequeños acompañada de Peter, en la puerta de la escuela primaria. Al salir, los chicos corrieron hacia ella, al rato repararon en el extraño. Dora los agarró de las manos; turbada, les presentó a Peter. Los cuatro echaron a andar, Peter los siguió un poco rezagado. Los mocosos volteaban las cabezas para observar curiosos a su padre, incluso se reconocían en él y reían traviesos.

En la oficina de prensa del New Absinthe, Cath revisaba primeras planas de periódicos; se la veía satisfecha. Tocaron a la puerta y fue a abrir. Era Canela.

—Te esperaba. ¿Han visto, Juan y tú, los periódicos de hoy? Los anuncios publicados a página entera, los textos perfectos, sin un error —mostró algunas primeras planas—. ¿No es cierto?

—Nunca leo periódicos, preciosa, o sea que me da lo mismo pito que flauta... Puede que ya Juan se haya enterado, él sí boquea por salir en los periódicos. En fin, ¿para qué me has llamado?

—Seré breve, Canela. Tanto Tom como yo estábamos muy preocupados con la partida de Purillo, pero ahora que, en fin, Juan ha hallado esa alternativa, la de Pupy, pues creo que será hasta mejor... Lanzaremos un bombazo, una gran sorpresa para el público... Pero Tom está angustiado, dice que no te advierte tan entusiasmada como al principio, has perdido vigor. No estás bailando como antes. Tienes que poner de tu parte.

—¿Y por qué no me lo ha dicho Tom personalmente?

—Porque él y yo estamos muy ligados, somos como uno, y en estos momentos anda muy atareado amarrando los últimos detalles del estreno. Y porque quise aprovechar la oportunidad, que él mismo me concedió, para que sepas que no he pasado por alto que tú te traes algo con Tom. Eres muy ambiciosa, Canela, estás tratando de quitar a Juan del camino para presentarte en Nueva York, ¿es eso? Sabes que le gustas a Tom, y quieres valerte de ello, es tan clásico y tan poco profesional tu comportamiento. Además, que te quede claro, Tom es mío.

—Oye, Cath, olvida el tango y canta bolero, mamita. Lo que mi cuerpo haga con ciertos hombres a ti ni a nadie importa. En cuanto a la proposición de Nueva York, sí me interesa, claro que me interesa. Pero ya veremos... A propósito de cuerpo y de hombres, todavía apestas a Juan.

Cath intentó replicar, pero Canela la dejó con la palabra en la boca y salió dando un portazo.

En el corredor que daba a los camerinos, Canela se cruzó con Michael Bent. Iba sumamente airada, y apenas reparó en la presencia del joven, fue él quien la saludó:

—Hola, eh, ¿vas a apagar un fuego? —se detuvo deseoso de entablar conversación.

—Hola... —Pensó seguir de largo, pero decidió parar en seco—. Por favor, Michael, ¿tendrías tiempo para tomar un café?

—Dejo esto a Cath y vuelvo en seguida —agitó un dossier en la mano.

Media hora después, en Gloucester Road, Canela y Michael sentados a una mesa bebían ella un café crema, él un té.

—Sospechaba que no estabas al corriente del pasado de Peter, lo adiviné por tu forma de hablar de él... No creo que sea bueno que alertes a la policía. No es algo que la policía ignore. Concéntrate mejor en el estreno.

—Necesito ver a Peter, no puedo seguir sin hablar con él, ¿te das cuenta de que he vivido ocho años y medio con una persona que sólo me ha contado mentiras sobre su pasado?

—No me gusta inmiscuirme en ese tipo de asuntos. Pero puedo ayudarte a hallarlo. Está hospedado en la casa de un amigo común, ha encontrado a su primera mujer y también a... a sus hijos. Hace una semana que los ve... Canela, la verdad no es tan importante cuando no es grave, a veces para ser feliz es mejor ignorar algunas cuestiones.

Airada, no salía de una desagradable sorpresa para caer en la siguiente:

—¿Cómo? ¿Mujer e hijos? ¡Cacho 'e cabrón, es que lo mato!

—Puedo conseguir una cita, a través de ese amigo del que te hablé.

—Vale.

—A una condición. Pasado mañana es el estreno, no vayas a fastidiar el trabajo de mi padre, ha puesto demasiado empeño en este espectáculo, ¿okey?

Sus dedos tamborilearon en la mesa, se sentía incómoda ante ese estúpido que empezaba a imponer reparos y directivas, alardeando de hijo de papá.

133

Peter emergió del inmueble donde habitaba Willy, acompañado del amigo. Enfrente espiaba Canela. A medio camino, los hombres se separaron. Peter tomó un auto en una terminal de taxis. Canela hizo lo mismo un poco más lejos, pero sin que Peter advirtiese su presencia; ordenó al chofer de seguirle con extrema discreción.

Desde hacía muchos meses no hacía en Londres un atardecer rojizo. Peter rebosaba felicidad, recogió a sus hijos en un parque donde jugaban con la *babysitter*. Los chicos lo abrazaron un poco turbados aún, él fue mucho más efusivo. Canela observaba desde una cierta distancia. El hombre cruzó la reja del parque, atravesó la calle. Canela aprovechó para interceptarlos.

—No pienso molestarte mucho tiempo, pero podrías haber llamado. ¿Acostumbras siempre a largarte sin despedirte de la gente?

Paralizado, tardó en responder. Los pequeños no entendieron la presencia de la mujer.

—Espero que comprendas que no tengo tiempo... Claro que iba a llamarte, al finalizar el estreno.

—Aaah, ya veo, sólo después del estreno, resulta que ahora a todo el mundo lo que le preocupa es el maldito estreno, es decir, que tú también te cagas olímpicamente en mi estado de ánimo...

—Fíjate, tengo justo una hora para estar con ellos, no lo eches a perder, ¿quieres? Si me prometes que estarás tranquila, podrás venir con nosotros... O si lo prefieres, podremos vernos más tarde.

—No, cariño, iré con ustedes... Por favor, Peter, si he estado callada durante tanto tiempo, puedo estarlo una hora más, tan simple como eso. Hay demasiadas cosas que tienes que aclararme, demasiadas... Y yo que me sentía culpable, con cargo de conciencia, por mis ensayos, por mi egoísmo...

Llegaron al edificio donde vivían Dora y los niños.

Subieron al apartamento, Peter y Canela discutían en la sala. A los chamas los mandaron al cuarto con la orden de hacer los deberes.

—Es increíble, siempre tuve el presentimiento de que algo raro sucedía entre nosotros, sospechaba que vivíamos cada segundo al borde del abismo. Y que tú me empujabas, muy contento y orgulloso de hacerlo. No sé cómo pude seguir contigo... Una mezcla de amor y de piedad. Yo era joven y te necesité, estaba desesperada...

—Sigues siendo joven; pero, además, Canela, sé muchas cosas, y las que no sé puedo imaginarlas. No eres una santa. Yo tampoco lo he sido, un santo, quiero decir, nada que ver. Durante estos años tú no has sido mi única relación, me he acostado con otras, aunque la principal hayas sido tú...

—Conmigo no templabas. Vaya, vaya, de lo que se entera una, siempre tarde, claro... Yo confiaba en el amor eterno. No voy a confesarte nada que tú ignores, ante tu pasividad, necesitaba aventuras... Y las tuve.

Peter apretó las mandíbulas, colérico.

—Sabía que me engañabas, estaba seguro, Dios mío, qué estúpido. ¿Juan es una aventura, o también el amor?

—No, Juan es un gran amigo con quien puedo compartir todo, incluido el sexo. Por si no te has enterado, el amor fuiste tú... Y dime, ¿la madre de estos críos, qué significa para ti?

—Lo que has dicho, es la madre de mis hijos. Y una mujer que amé y puede que siga amando. Sí, sin duda...

—Esas chicas muertas... Tus fotos... Aunque Michael me explicó, me quedan cabos sueltos...

—Michael Bent, joven generoso, pero un come-mierda. Si no hubiera sido por el palanquero de su padre, fuera un don nadie, mediocre fotógrafo hasta para hacer dulce, pero Tom Bent lo ha empujado mucho, se ha convertido en toda una *star*... Te aclaro las dudas. El arte, entre otras cosas, es premonición, no sé qué me impulsó a retratar a esas jóvenes, improvisando sus muertes en accidentes de coche, violaciones y asesinatos... Puede que mi falta de inspiración, la carencia de ideas mejores, me haya llevado a esa idiotez... Parece que el asesino se guió por mis fotos para acabar con ellas... Y *that's all.*

—Se comenta que todavía hay gente que sospecha de ti...

—Bah, tonterías. Cambia el tema, no quiero que ellos oigan semejante barrabasada... —señaló hacia el cuarto de los críos, quienes ya se inquietaban por el curso de la conversación y se asomaban para espiarlos.

—Peter, espero que esto pase pronto. Espero que vuelvas conmigo, que podamos vivir otra vez juntos, sin este rollo de mentiras. Me gustaría empezar de nuevo contigo. Tom Bent me ha propuesto un proyecto en Nueva York, sólo para mí y para los bailarines que yo elija...

—¿Lo sabe Juan?

Indagó en el rostro abochornado de ella.

—No, no lo sabe. ¡Qué estoy viendo! Eres capaz de traicionar a tu mejor amigo sólo para conseguir el éxito. Eres una hipócrita, una cochina hipócrita... Muy mala persona, con tu cara de fiel, de divina, de gatica de María Ramos, que tira la piedra y esconde la mano...

—Por favor, no insultes. Tú no te quedas atrás. Estuve viviendo ocho años y medio con un prófugo de la justicia, sospechoso de asesinato, mentiroso, un asesino, un asqueroso criminal... ¡Y te sientes con el derecho de reprocharme! ¡Pero ¿estás loco?! ¡Tienes que volver conmigo, no puedes quedarte! ¡Todo lo mío ha sido tuyo, he compartido todo lo mío contigo!

—Déjame en paz, ¿quieres? Será mejor que te calles, estás asustándolos. Ésta no es mi casa.

—Ah, ¿no es tu casa? ¿Y cómo la mía siempre lo fue?

—¡Cállate!

Los ánimos se caldearon y la mayor de las criaturas interrumpió:

—Señor, ¿quieres que avisemos a mamá?

—No hace falta, vayan al cuarto y cierren la puerta. Yo me ocupo... —Los niños se perdieron, obedientes—. Sal de aquí, no me fastidies, ¡fuera! No quiero tenerte delante... Durante todo este tiempo he sido vapuleado, ninguneado por tu presencia, aplastado por tus ensayos, por tu trabajo. ¡La mujer de éxito! De nada valió que dejaras el baile durante un tiempo, siempre has estado bailando, en tu cabeza, de un escenario a otro de tu maldito cerebro, imaginando que traes el dinero a casa, preparándote para humillarme... —Se aproxima a ella y le escupe estas últimas palabras en la cara—. No te aguanto ni un segundo más... ¿Entendido?

—Te suplico que no me dejes, sin ti soy incapaz de hacer nada. Saber que tú estás ahí esperándome me reconforta...

—¡Pues no estaré más! ¿Entiendes? ¡Nunca más!

—¿Qué te hace estar tan seguro? Eres un cabrón flojo...

Peter le dio un bofetón.

—Eso, pégame, es lo único que haces bien, abusar de las mujeres...

Se atacaron como fieras.

—¡Qué coño pasa aquí! —Dora entró y de inmediato fue al cuarto de los pequeños; alarmada, abrió la puerta de una patada.

Los encontró inmóviles, sentados en la cama, volvió a cerrar de un tirón y se dispuso a desapartar a la pareja.

—¡Vamos, fuera!

Canela no paraba de mascullar, rabiosa:

—Eres un cobarde, mal marido, un pésimo padre... Nunca gocé contigo como he gozado con otros. Eres un asesino, un cochino criminal. ¿O es que ya no recuerdas cuando me confesaste lo que habías hecho con esas chicas? No puedes recordarlo, yo te había dado plata para las compras y te apareciste vola'o hasta el techo, con una carga de heroína en vena que p'a qué, y me contaste cómo descuartizaste a una de ellas... —Canela mintió sin reflexionar.

Peter alcanzó un cuchillo de la cocina y se lanzó sobre ella, Dora le detuvo apuntándole con la pistola.

—Tranquilo, deja eso, hasta aquí. Vamos, tú —señaló a Canela—, a la calle, ¡fuera de aquí!

—Anda, china, que te dure... Ya, ya me voy, pero que sepas bien, éste es el asesino, un pata e'puerco...

Canela desapareció. Dora bajó la pistola, Peter observaba petrificado el arma.

—No puedo permitir que estas barbaridades ocurran en mi casa —a la mujer se le entrecortaba la respiración—. Es la primera vez que te dejo solo con ellos —señaló al cuarto— y sucede lo que menos podía suponer. No vengas más...

—No es mi culpa, te lo juro, fue ella quien se empeñó en fastidiar...

Dora guardó la pistola en la gaveta de la cocina. Peter atendía al mínimo movimiento de la mujer.

—¿Cómo es que llevas una arma?

—Soy policía. Siempre tuve pistola, tú nunca te diste cuenta de nada. Desde que mi padre fue asesinado...

—¿Cómo no me dijiste?

—No te habría gustado. ¿Te habría agradado casarte con una policía? No, por eso te dije lo de científica, lo cual no deja de ser verdad. Soy investigadora... Me dedico a estudiar los pormenores psicológicos de los culpables; comparándolos con las huellas físicas, llego a conclusiones determinantes...

Peter cayó desmadejado en una silla, perplejo, pero sin dejar de estudiarla. Ella ironizó.

—Si lo hubieses sabido, no te hubieras atrevido a ir tan lejos... —traqueó con gesto viril sus dedos—. Hemos terminado. No quiero verte más.

Nos mudamos Liú y yo a un hotel modesto. Esta decisión empeoró al principio el humor de Richard, celoso a más no poder, pero sin sospechar que nos cambiábamos para que Pupy pudiera visitarnos a diario; después fue acostumbrándose. Richard terminó sus reuniones de trabajo en Londres y sin embargo decidió quedarse más tiempo, supongo que por mí, aunque no lo dijo. Liú y yo pagamos una suma de dinero extra en la agencia de viajes para extender nuestra estancia y no perder el billete de regreso, más que nada por Pupy.

Pupy, papo puto. Liú y Pupy templaban a toda hora. Yo sólo en los momentos en que ella descansaba; nunca lo hicimos los tres juntos. Tuvimos que parar pues ya al Pupy, pinga desollada sin remedio, le había salido una ampolla de tanto mete y saca. Liú, de todos modos, reprobaba mi actitud de desprecio —aseguraba ella— ante el cariño sincero de Richard. Yo no le maltrataba, juré, solamente estaba atravesando una de esas etapas mías de dejadez, todavía le apreciaba, pero sin locuras, sin ánimos de llorar y menos de suicidarme al caer del último piso de un rascacielo. Y exigía la pausa necesaria para renacer indemne.

—Eres injusta —Liú actuó un puchero mientras se llevaba el cucurucho de helado de coco a la boca—, ya quisiera yo nada más que por un día de fiesta tener un enamorado como Richard, tan gentil. Y bañado en plata. O en oro.

—Prefiero estar en esta posición que al revés, no deseo para nada la desventaja, o sea, amar sin que me amen... Aunque es más rico querer, pero es más seguro dejarse querer.

—¿No se ha dado cuenta de lo tuyo y lo mío con Pupy?

—No, niña, qué va. Me trata de inmadura, es un consuelo que crea que sólo soy una idiota, antes de que se entere de que ya no me hace cosquillas ni su presencia. Ya me dirás que exagero.

—Bueno, inmaduras somos, gracias ya a no sé quién. Porque este Dios mío, ni ningún otro, no me trae nunca buenas noticias, y no tengo por qué estarle agradecida a cada minuto —acusó al cielo.

Cultivé la indiferencia ante Richard lo más que pude. El cambio se produjo cuando una tarde lo vi pasearse acompañado de Ada. Otra vez esa piruja de azotea, me dije. Por supuesto que él y yo continuábamos frecuentándonos, aunque en encuentros distanciados, yo alimentaba el romance con mis escarceos de garza febril unas veces, y otras, de felina arisca. Él —pese a todo— profetizaba un amor desmedido, en una ocasión se apareció con un solitario, prometiéndome que nuestro matrimonio lo celebraríamos en las islas Fidji. Con lo que detesto yo las islas.

Y ahora lo sorprendía, en plena calle, bajo la luz del sol, abrazado de Ada, muy acurrucados, incluso ella se paró en puntas y le robó un beso. Podría haberme acercado a discutirle: A ver, y este descaro ¿qué significa? Preferí callar, contemplarlos mientras se alejaban muy acaramelados, puros bombones derretidos. Ya llegaría la hora de ajustar cuentas. Al instante me atacó una horrible migraña. Y aterrorizada ante la idea de perder a Richard, vomité la tortilla mixta de jamón y gruyer del almuerzo. Y un segundo mareo. Espero no esté embarazada, me dije. Aunque me cuidaba con diafragma y condón, siempre existía la posibilidad de que un villano espermatozoide futbolista hiciera una finta y, pasándose de listo, colara en la red el gol del desastre, o sea, fuera a encajarse en el sitio inadecuado, en el inoportuno óvulo.

—No se siente usted bien. ¿Necesita ayuda?

El cincuentón guardaba un parecido muy cercano a Kenneth Branagh en *Trabajos de amor perdido,* y no cabía la menor duda, respondía al nombre de...

—Tom Bent. —Otro de mis personajes que se hacía realidad me brindó su brazo con calculada elegancia—. ¿Puedo acompañarla a algún sitio?

Rozó mi seno. Hizo un gesto con la otra mano y una limusina aparcó casi a rente de nuestros pies. El chofer le tendió el celular tratándole de lord. Lord Tom Bent, vaya, vaya, algo que se me había escapado en mi aturdido proceso de clonación literaria.

—¿Sabe usted por qué le acepto el favor de acompañarme, así, sin miramientos?

—Supongo que no se sentirá en condiciones físicas como para ir andando...

—Supone mal, ha sido un simple malestar, ya pasó.

—Me gustaba el rictus irónico del hombre entre la nariz y el cachete—. A usted yo le he inventado sin conocerle de nada. O sea, describí su físico exacto y puse su nombre en un texto literario. No me equivoco si le digo que es usted el empresario del teatro New Absinthe.

Afirmó con un anjá, mientras me ofrecía una canaca de oro, llena de coñac para que oliera. Volvió a preguntar una dirección precisa a la cual conducirme, entonces descubrió que mis pupilas se fijaban en la pareja que a su vez se detenía frente a la vitrina de una chocolatería. Adivinó, y sin tardar dejó escapar la frase que abrasaría mi seso:

—Estuvo casado. Ahora vuelve a ser uno de los solteros, mejor dicho, divorciados, más pretendidos de Londres, de Nueva York y de Miami. Buen chico, brillante en los negocios, pero demasiado astuto para creer en el amor de las mujeres. Richard Soler, y esa mujer con quien anda, me parece que la conozco de algo.

—Ada, la bailarina que acaba de llegar de Zúrich, la de las barajas.

—Veo, veo. ¿Quién eres, que lo sabes todo, o casi todo?

Quise responder, pero entonces descubrí que Ada se despedía de Richard y bajaba los escaloncillos hacia una peletería. Apresurada, estreché la mano de Tom Bent:

—Una amiga, soy una fiel amiga. ¿Me concederá ese honor? Gracias por los primeros auxilios. —Abrí la portezuela y escapé hacia el desamparado señor Soler, quien a cada rato volteaba la cabeza buscando un taxi a sus espaldas.

Al divisarme trató de fingir, y agigantó las pisadas para doblar la esquina y borrarme de su ángulo visual. Corrí y lo alcancé:

—¿Cómo puede ser tan banal tu amor, que tan odiosamente veloz se da por vencido y me tacha de su agenda reemplazándome por una guaricandilla rellena de gomaespuma?

—Hola. Perdón, no entiendo, ¿a qué te refieres?

—A que te he visto con Ada, y no hace nada estabas dispuesto a casarte conmigo.

—Cariño, todavía lo estoy. Has sido tú quien se arrepintió de mí. Ada es una amiga de años. Entre ella y yo existe una confianza infinita, amistad, y sexo cuando lo deseamos. No siempre es el caso... Ada es demasiado masculina en su forma, para mi gusto... —Lo sentí muy seguro, y esto provocó en mí deseos de meterle el dedo en el ano, lengüetearle la piel tersa que cubre la próstata y hacerle una paja de capullo, para al final metérmela en la raja.

—Sobre todo que a ella también la inventé yo. No existe.

—No juegues. ¿A mí también me has creado, madonna de todos los poderes?

Sentí ganas de arañarle la mejilla. Tanto discurso amoroso y el resultado siempre era el mismo, a los hombres hay que permitirles todo, ¿y una qué? Decididamente, yo estaba demente, igual que Nijinski. Una siempre se come el cable de la maldad, de aprender el desprecio, de jugar a ser machas malísimas, cuando en realidad somos unas mamonas de mala estofa.

Por cierto, que, de repente, reapareció Nijinski, junto a nosotros, y me hizo un guiño cómplice, iba encabillado, con la yuca sonrosada y henchida, latía con frenesí por fuera de la portañuela.

—Estoy viendo visiones, por favor, llévame a casa —pedí a Richard antes de doblarme hacia adelante y perder el conocimiento.

Confusa, soñé que Canela me masturbaba el melocotón con el mortero de aplastar los ajos. Me vine, dormida en brazos de Richard, quien entendió perfectamente mis gemidos, y abriéndome los bembos del chocho, introdujo primero un dedo, luego dos, tres, por último el puño.

Canela resplandecía, más bella que nunca; se llevó una copa de champán a los labios. Tom Bent se aproximó a ella con una caja de puros, le brindó un Montecristo, ella rechazó con gesto amable. Se hallaban en el lujoso apartamento del empresario.

—¿Cómo podemos estar tan ecuánimes a menos de un día del estreno?

—Todo está resuelto. Será un éxito. —La mujer sorbió un buche de vino blanco.

—Lo he decidido, preparo los contratos de ambos, para lo de Nueva York, pero por separado. Deben empezar a lo grande, eso sí, cada uno por su parte, y entonces, cuando el público se babee detrás de ustedes, ahí, ¡paf! los volvemos a unir. Inventaremos toda una leyenda... Tipo: «Se conocían desde el colegio, bailaron juntos, luego se separaron y cada uno creó su propia compañía, ahora vuelven con toda la fuerza de sus pasiones, etc.» Suena a *déjà vu,* pero es lo que siempre funciona. Desde luego, tú necesitarás bailarines...

—¿Juan está al corriente de tus planes?

—Algo intuye, no es retrasado mental.

—A Pupy, el cubano, me lo llevo yo. Ya arreglaremos con el resto. Yo me encargo.

Tom Bent tomó asiento junto a ella, acariciándola, besó la suavidad de sus labios.

—Por cierto, ¿sabías que Cath se acuesta con Juan? —soltó, descarada y maligna.

—Cath se acuesta con todo el mundo, menos conmigo. Es mi novia estratégica, ella vive ilusionada con que nos casaremos un día de éstos... En cuestiones de negocios es muy eficaz y obediente, más le vale; ya lo creo, es mi mano derecha en cuestiones de negocios... Déjala como está...

Canela se fugó de sus caricias.

—Te advertí, amorcito, que eso que deseas tiene que ser poco a poco, hasta que no me convierta en irremplazable para ti, igual que Cath —bromeó—, no haremos nada. Lo siento, tengo que reposarme; mañana es el gran día. Besitos achocolatados.

Antes de ir a acostarse, decidió pasear por los alrededores del Támesis, la frescura del río le renovaría las ideas. Mientras que no fuera atraída por el enigma suicida del río, todo estaría bien. Canela temía quedarse sin marido, sin amigos; pero al mismo tiempo presentía que ella necesitaba probarse en niveles superiores, mejores condiciones, inclusive sexuales. Se vio triunfante en Nueva York, aplaudida, reclamada por hombres adinerados, esclavos de ella, de su cuerpo. El sólido cuerpo como una hacha que destajaba los escenarios del mundo.

Caminaba por el medio de una calle desierta. En la otra esquina creyó distinguir la silueta de un hombre. Una música extraña fluyó desde la sombra hacia ella. Él empezó a avanzar dando unas vueltas muy amplias, saltaba y el aire silbaba como cortado por un bumerán. Frente a ella, la tomó por la cintura. Otra vez él, con ese perfume irresistible a sándalo. Bailaron a su manera cada uno, ora apretados, ora sueltos en diferentes figuras eufóricas. Acostado en el pavimento, él rogó que lo masacrara a puntapiés. Ella vaciló, pero él continuaba suplicando que le pegara, muy fuerte, patadas en la cabeza, en las costillas, en el fondillo.

—¡Patéame! ¡Así, así!

Canela asestó golpes cada vez con mayor rabia. Hasta que la ira la hizo soltar espuma por la boca, cayó en trance, y se revolcó ella también por los charcos natosos.

Desmayada, su mente recorrió laberintos perversos, donde el único placer consistía en el crimen. Al rato, él abrió los ojos, desperezado se levantó, y la condujo en vilo a su madriguera.

En el cuarto mugriento que alquilaba la durmió cubriéndole la cara con un pañuelo enchumbado en formol. Aprovechó para abrirle un orificio en el ombligo y pincharle una perla negra de Indonesia, encima le tatuó su nombre: Nijinski.

Nota del editor en el manuscrito:

Hasta aquí, la novela funciona. Que te hayas incluido en la historia le brinda una soltura, aunque a veces confunde.

Pero todavía espero el discurso en contra de la guerra, y la parte histórica. Algo sobre el Santo Grial, templarios. Quizá con un giro medieval soluciones el tema...

No, no te asustes, bromeo.

Un fuerte abrazo,

El editor

Siempre que acudo al teatro, antes del inicio de la obra y en los entreactos, imagino situaciones imposibles, sucesos incómodos, cómicos o aberrantes. Richard, a mi lado, reprimió un bostezo con un gesto elegante de la mano, como si se llevara un habano invisible a la boca, como si desde sus dedos a sus labios se irguiese una columna de humo. Desabotoné la portañuela, él no se extrañó para nada. Hurgué con dificultad, lo tenía muerto, pero poco a poco, con suaves apretujoncitos, fui resucitándoselo. Lo saqué, bajé la cabeza y me lo metí en la boca. Lo restregué duro por mis dientes, las muelas, la lengua, lamí, mordí, chupé... La quijada empezó a entumecerse, sentí inquietud, ¿no le excitaba lo suficiente? ¿Por qué le costaba tanto trabajo en esta ocasión venirse en mi boca? Me enloquecía guardar el buche de semen entre la lengua y la garganta, y escupirlo más tarde, amarillo y grumoso, en el lavabo esmaltado. Miré hacia arriba, no podía ser verdad lo que veía, Richard se hallaba obstinado en quitarle el celofán a un caramelo. En el instante en que lo consiguió, respiró hondo y se lo introdujo en la boca. Ahí mismo, yo tiré de cuajo, di el mordisco. Luego mastiqué lento aquel tolete nervudo. Una gota espesa de sangre rodó por mi mentón, y cayó coagulándose en la vaporosa pechera de muselina del soberbio vestido Chanel.

En la primera fila divisé a Liú, acomodada en las butacas reservadas para los acompañantes de los bailarines y personalidades, a Pupy le habían emplantillado fijo en la compañía de baile, y esa noche también hacía su debut. Liú viró el rostro hacia mí; de tanto que le había fijado las pupilas en la nuca, conseguí atraer su atención. Nos reímos haciendo guiños pícaros, Liú incluso se paró —importándole poco la presencia de los espectadores— y me mostró, palpándoselo, el trasero empinado, recordando lo que me había contado al teléfono aquella tarde.

Eugenia, una amiga de su hermano, anoréxica a matarse, le había pedido un favor inmenso, ya que padecía el vicio de las cirugías estéticas; para ella eran como una droga dura, y que ya no le quedaba un sitio virgen de la nariz, o de los párpados, de la boca, de las tetas, de las nalgas, de las costillas, de los muslos, que estirarse o modificarse, había decidido rellenar sus pómulos con grasa, pues de un tiempo a esta parte se desfiguraban con abominables hendiduras. Pero estaba tan extremadamente esquelética que el médico le hizo la advertencia del peligro que correría si le succionaba grasa inexistente para inyectársela en la cara. Entonces fue que clamó por la ayuda de Liú, quien debía probarle su amistad donándole unos espesos litros de manteca de sus nalgas. Liú no daba crédito a sus oídos, Eugenia le estaba pidiendo una rebanada de su culo para injertársela en la jeta, o sea, lo mismo que como cuando por la mañana untas con el cuchillo un trozo de mantequilla en una tostada.

Sonó la campanilla avisando que el espectáculo empezaría en breve. Pero yo todavía persistía dándole cráneo a aquella tontería de Eugenia, y de paso de Liú, que se prestaría para semejante berracá. Richard saboreaba el caramelo, no hay nada que me disguste más que oír a alguien que machuca un trozo de azúcar con las muelas. Pero en el rostro de Richard se superpuso el de Ada. Y al punto borré el desagradable ruido de la trituración, y me propuse como meta querer a ese hombre, no menospreciarlo ni un segundo, para que la Ada no se aprovechara y me robara la oportunidad de empatarme con un anhelado excelente espécimen adinerado.

Yo tenía la certeza de que ella no era su ideal de mujer, también Ada se había operado hasta la lengua, la frente y los labios abombados de colágeno. Inclusive cuando hablaba, las palabras parecían esparcirse por el aire infladas de silicona, daban ganas de reventarle un pezón con un alfiler. ¿Por qué me preocupaba de nuevo por Ada? Si yo la había creado con mi escritura, justo para que Richard no se fijara en ella. Ella no existía salvo en mis imágenes literarias, y aun así, de modo bastante banal.

Richard me había contado, además, no sé por qué, quizá para darse lija, que en los tiempos en que habían sido amantes furibundos, mientras la empalaba por detrás, por el siete, él se maravillaba de contemplarla en pleno éxtasis, en hechizo puro, gozando de su maraca: una tarde, mientras descansaban, él le comentó que jamás había visto un rostro tan hermoso y sereno, semejante al de una *pietá* florentina, en el momento crucial de encajársela en el ano. Y se le ocurrió —ocurrencia fatal—, nada más y nada menos, que preguntarle en qué pensaba. Ada no dudó ni un instante, respondió que en aquel minuto se había acordado que debía sacar la ropa de la lavadora y tenderla en el balcón a que se secara, a veces soñaba con modelos de automóviles descapotables, o rememoraba las premoniciones que las barajas le habían anunciado esa mañana; en todo caso, dependía de cómo se le hubiese presentado el día. Porque había días tan torcidos en que inclusive podía acaecer que su mente estuviese en blanco total, que no pensara absolutamente en nada mientras él se vaciaba en sus intestinos.

Apagadas las luces, las cortinas de terciopelo fueron descorridas. La escenografía consistía solamente en un divino juego de conos luminosos muy atemperados, casi anaranjados, y tambores, y guitarras. Hicieron entrada los músicos, sólo guitarristas y percusionistas, luego los cantaores de flamenco y los negros intérpretes de bembés. Por los palcos corrió una brisa con picante fragancia a sándalo. Las cuerdas de las guitarras trepidaron al unísono, aupando una jota por siguiriyas, y acto seguido, el rotundo silencio, las respiraciones pendientes del hilo armonioso del cante jondo, y por segunda vez, las cuerdas en el jaque de los soleares. Los duendes inundaron el fandango, tensados los torsos, aligeradas las piernas, afinados los tobillos.

Vestido con ceñido pantalón de drill negro, el bulto empinado, marcado como el de los toreros; camisa de seda fina, también oscura, adivinando sus costados y las axilas. El pelo engominado hacia atrás, suelto y brillante, goteaba aceite, como azabache. Un haz de luz resaltaba cada músculo apretado de su cara, las mandíbulas punzantes, labios duros y estirados en una mueca dolorosa, los ojos clavados en el temor del misterio, en una nada coronada de símbolos, saboreaban el deleite de la escultural expectación. El bailarín acaparó el escenario, con sus taconeos hirió el tablado, su sudor sacó chispas al contacto con las dunas de arena del desierto reflejado en los espejos. Era un animal que componía su alarido, un salvaje que reclamaba la lujuria de la hembra.

La ceremonia de los caracoles encima de la estera evocó el repiquetear de tambores. Contrapunto entre la guitarra, cuerpo femenino, hechizo del flamenco, y el tambor, signo fálico, diamante del guaguancó. En seguida se coló el perfume azucarado de la canela, miel calentada a fuego lento. Ella desgranó las semillas nacaradas, brotaron lirios de sus cabellos, rechinaron los pies dorados, recorrieron el escenario, y fue amansada la madera con los calcañales. Provocación del vigor de Oshún. Como si un caballo y una yegua hicieran el amor en un teatro. Y desde el campanario se precipitara una nube de palomas jíbaras cuando las voces de los negros y de los gitanos se confundieron en una melodía embriagadora, avasallante; desmenuzada mención del éxtasis, sublime acorde del orgasmo. A él se le babeó la punta. Con el frote de los muslos, a ella se le inflamó el clítoris.

Impactaba el dúo de Juan y Canela a tal extremo que los aplausos no pudieron contenerse y estallaron delirantes antes de la aparición de los demás bailarines. Tocó el turno a Ada, descompuso su cuerpo en trozos, como si un brazo volara al paraíso y una pierna quedara colgada al abismo, el vientre compartido en dirección a la montaña, la cabeza en levitación, cual una calabaza desafiante al secreto del centro de gravedad. Ada recortada por la tijera. Ada fragmentada en trozos de temporal. Pupy quemaba la inmediatez del terremoto, repartía a diestra y siniestra musculosos miembros cual ligamentos partidos a machetazos y guindados de los bambúes en un cañaveral. Pupy, espectro fugado de la jungla, representaba al dios divertido, recholateador, retocaba con su risa los artificios de la fatiga, intervenía en las pinceladas del retrato descuartizado de la amazona, alumbrando con su carne todo cuanto había amado el príncipe de los indecentes. Pupy, chicherekú mandinga.

Cerré los ojos, detuve a propósito los enigmas, corté la conexión obligada con la realidad. La música cesó de repente, y supuse que la luz se había apagado de un soplo, también en escena. Los artistas, inmovilizados por una energía interna, quedaron colgados, situados del lado opuesto al filo de mi memoria. Oscuridad absoluta. Derrame cerebral. Podía morir. Yo era una mujer que había elegido la soledad, aun acompañada del hombre más sublime de la tierra. Por dentro de mí palpitaba tímida esa luz peregrina, no suministré las fuerzas requeridas para que ella pudiera independizarse, no conseguía reunir los impulsos sucesivos...

Por fin, aspiré y escupí la luz, como si pariera por la boca, y el relámpago se apoderó del núcleo, dio blanco en el centro de la diana, acuchilló al corazón. El Fauno. Nijinski interpretaba *L'après-midi d'un faune*, una de las más eróticas danzas de la historia del ballet clásico. Y él la revivía como un demonio.

«Excité a todo el mundo y me fui», escribió en el océano de los cuadernos Vaslav Nijinski con el cuerpo alterado y desnudo. Nijinski se acostó encima de la carne tibia y palpitante de Canela, entreabrió el sexo femenino con la lengua, y después con el rabo la obligó a escarranchar los muslos. El ruso también atrajo al gitano, y mientras hundía su enorme pinga en el hueco húmedo de la rumbera, lamía las tetillas erizadas de Juan. Ada chupó la mandarria de Pupy, y cuando estuvo a punto de correrse, cambiaron de posición; Pupy, sentado en un taburete, ella encajó su culo encima, limándole la cabilla. Canela se puso a chupar la pepita de Ada, a dar lengua con los ojos en blanco. Y Juan se dejó desvirgar por el sainete póstumo, Nijinski tiraba de sus cabellos, como si lidiara con las bridas de un corcel bravío. Después fue Juan quien le mamó los huevos a Pupy, y éste le rompió los pliegues del ano a Vaslav. Ada y Canela reventaban una tortilla, frotando los pubis en puro frenesí.

El aplauso retumbó en el teatro. La gente caía rendida ante la magnífica obra de los artistas. Éxito total en Londres. Tom Bent y Cath escuchaban y contaban los aplausos como el gracioso tintinear de monedas que caían en una alcancía del tamaño del planeta, y aplaudían ellos también. Los artistas saludaron, tuvieron que repetir reverencias en siete ocasiones. Ovación de catorce minutos. Juan y Canela invitaron al empresario a que saludara con ellos al público. Lord Bent fingió timidez, al punto falsa sumisión ante el reclamo de sus contratados. Liú jeremiquiaba emocionada. Ambas nos hacíamos las duras, pero teníamos los lagrimales fáciles. El teatro entero se había puesto de pie, Richard enlazó mi cintura con el brazo izquierdo, la mano derecha extrajo un solitario del bolsillo del pantalón. Sabía que yo sólo tenía el liguero debajo, nada de bragas, e introdujo el anillo de compromiso en mi sexo.

Liú corrió al camerino, nosotros hacia la salida, junto al resto de los espectadores. Antes de irnos, una mano se posó en mi hombro, reteniéndome:

—Nos hemos tropezado, en la calle, el otro día. No se sentía usted bien. —El aliento a coñac atabacado de lord Tom Bent moteó mi nuca.

Richard se volvió con mayor rapidez.

—Buenas noches, señor Soler —el empresario se apresuró a estrechar la mano—, también a usted le conozco. Hace años me prometió una subvención para un espectáculo, y lo cumplió.

—Claro que lo recuerdo, lord Tom Bent. Y le felicito. Ha vuelto a dar en el clavo con este montaje. ¿Tiene planes de regresar a Nueva York?

—Es en lo único que pienso ahora. Me desvivo por esa ilusión.

—Tome otra vez mi tarjeta —Richard estiró un cartoncito blanco con letras góticas sombreadas en cobre—. Para lo que se le ofrezca. Llámeme.

—No lo dudaré. Me hará usted mucha falta. Sé de sus buenos contactos con el mundo del espectáculo en Broadway, y hace años quiero repetir por todo lo alto. Allá tengo un socio muy eficaz, pero usted sería de un apoyo incomparable.

Me sentía incómoda. ¿Yo no contaba?

—Me alegra verlos juntos. —Por fin lord Tom Bent se dignó mirarme. Y me vivió, botándose tremendo cráneo.

—¿Se conocen? —Richard hizo un mohín celoso.

—Poco. Sólo nos hemos cruzado, y desde luego hemos simpatizado.

—Más que eso, lord Tom Bent. Nos hemos mutuamente salvado la vida —apunté, cínica.

—Haré una fiesta en mi residencia, dentro de una hora. Están invitados. Será magnífico recibirlos.

El hombre se perdió en sentido contrario a la muchedumbre que nos expulsaba a la neblina, humaredas ardientes que enmarañaban la calle.

Los artistas atravesaron el jardín de la residencia de Tom
Bent, en medio del acoso de la prensa, flashes de cámaras
indiscretas, murmullos como abejorreos y exclamacio-
nes más dadas al escándalo que a la admiración. En el interior, los numerosos invitados intercambiaban opinio-
nes, tarjetas de visita, miradas inconclusas. El movimiento
de la prensa especializada y seria resultaba lento, en un
deje sedentario, en comparación con la prensa del corazón, más puesta para la maldad, pues la jet set londinense
había atraído a la carroña del dislate. Estos últimos, a
Juan y a Canela, los abrumaban con chismes, o chiqueos
de pacotilla, y exageradas comparaciones entre ellos y ac-
tuales y prominentes figuras del ballet. Más y más felicitaciones, inmensos y numerosos ramos de flores, todavía
más flashes de teleobjetivos disparaban como cañones.
Durante un instante, a Canela le pareció que el gentío se
desmelenaba alrededor de ella en una danza siniestra
que terminaría por derrumbarlos, pisotearlos, extermi-
narlos. Juan secreteó una pregunta al oído de Canela:

—¿Quién le hubiera dicho a un gitano y a una cubana que andaríamos en estos lujos?

—Si me lo hubieran anunciado, no lo hubiera admitido ni un segundo. Es como un juego absurdo. No entiendo nada...

—¿Habrá algo que entender? Déjate llevar.

Pupy la enlazó por la cintura y la apartó de Juan para hablar a solas con ella sobre el nuevo proyecto. Tom Bent se aproximó a Cath y le dio instrucciones para que no se desentendieran de los periodistas. Cath tomó a Pupy de la mano, obligándolo a separarse de Canela, y lo entregó, cual un trofeo, a una satona reportera falta de tranca. Tom Bent aprovechó para presentar a Canela a un grupo de amigos como la nueva diosa del folclor afrocubano.

La multitud se había disipado bastante. Después de campear varias conversaciones eruditas de críticos más empeñados en acostarse con ellos, cuanto antes mejor, cosa de adelantar la nota al periódico respectivo, Juan y Canela consiguieron huir a una de las terrazas; allí, por fin, conversaron aislados.

—No vi a Peter. ¿Vino?

—¿Estabas de verdad tan absorbido por el estreno que no te has dado cuenta de que tengo problemas serios? He terminado con Peter. Bueno, él conmigo...

—Perdona, es que, ya sabes, este triunfo para mí es lo más importante de mi vida, o sea, ¿qué digo?, tú también eres importante... Pero siempre estuviste muy enganchada con Peter... Y por fin, ¿qué hubo de aquellas fotos? Eran espantosas... Bueno, ahora no tendrás que meterte tú en eso...

—¿Y si fuera cierto que las mató, piensas que yo podría dormir bien?

—Olvídalo, tu carrera empieza ahora. Supongo que Tom te habrá contado lo de Nueva York.

Ella asintió mientras hundía la uña en una ranura del muro de la terraza.

—Según su proyecto, estaremos aparentemente separados. Podríamos dividir la compañía, encontraremos más gente que desee venir con nosotros...

—Pupy es mío —Canela zanjó, enérgica.

—Escucha, Canela, a Pupy lo he traído yo... Fue idea mía.

—Ni hablar, de aquí sólo le llevaré a él, luego buscaré latinos allá, sobre el terreno. Pupy viene conmigo.

—Okey... Eres una bicha cerrera...

Se retaron desconfiados, pero al punto los rictus competitivos se transformaron en expresiones de ternura. Rieron burlándose de sus conductas de adolescentes. La carcajada los condujo a unir sus labios, besándose más con compresión que con pasión. Tom Bent los espiaba desde el interior de la casa.

Quedaban menos invitados cuando Juan y Canela decidieron reunirse con el resto de la fiesta. Pupy se encargó de separarlos de nuevo, tomó de la mano a la mujer, luego de colocar un disco en el equipo de música, bailaron al ritmo del guaguancó *Ven, que me matas, ven, que me matas...* El espectáculo sedujo a los invitados. En eso, se juntó otra pareja, deslizándose hacia el medio del recinto: Ada y Juan entregaron un corto fragmento de coreografía. Canela intentó evadirse hacia otro salón, Pupy la persiguió.

—Te llevo a casa.

—Déjalo, lo hará Juan. Gracias, mi amor, chaoíto.

Se besaron muy cerca de los labios.

Ella se arrinconó en la otra pieza. Esperó a que transcurriera un rato, a que parara la música, luego buscó a

Juan. Lo encontró muy acaramelado, junto a Ada, aco-
rralándola en una esquina, y ella muy a gusto.

Michael Bent se ofreció a acompañarla. Entonces no
le quedó más remedio que aceptar, pues ya Pupy andaba
embriagado con Liú.

La madrugada olía lluviosa a mar lejano, resonancia
del mar de isla podrida. A unos metros del edificio donde vivía Canela, el auto aminoró la marcha. Michael Bent
conducía, ella obligó a detener el automóvil.

—Por favor, quiero caminar un poco, queda sólo media cuadra. Nos vemos, Michael, eres adorable.

—Me gustaría hacerte unas fotos, unos desnudos.
Tú, que bailas encuera, así, ensangrentada.

Canela le palmeó el hombro, lo besó en la mejilla.
Descendió del vehículo. Avanzó resuelta, preguntán-
dose si todo aquello era real, el éxito en un teatro de
Londres, el futuro viaje a Nueva York, su posible relación
con tres hombres. Resultaba cómico. Tres hombres
en su vida, mejor así: Juan, el amigo amante. Pupy, el
amante con códigos comunes, subordinado a ella en la
profesión. Tom Bent, el jefe y el marido ideal. Se casaría
con Tom Bent, y conservaría a los otros como queridos.
Adiós, Peter Bridge. Adiós para siempre, él se lo había
buscado.

—Te ruego que no te olvides de mí. Hoy bailaste
como nunca —la voz del Fauno, a sus espaldas, interrumpió sus extravagantes pensamientos.

—Te he visto toda la noche, ahí, a mi lado, en el escenario —contestó ella, y se volteó, enfrentándolo.

Allí estaba Nijinski, coronado con un halo nacarado,
adornada de bucles en desorden la frente sudorosa, los
ojos brillantes, pero hundidos.

—Sí, el Fauno soy yo. Compuse ese ballet sobre las bases del deseo. Lo habrás leído en mis diarios. Escribí esas líneas con la pinga parada, excitadísimo y gozador, sobaba mi tolete con ambas manos, así. Quería escribir sobre mi vida de artista. Me sentía nervioso, pues me masturbaba mucho, fijo en mi morronga encabillada, y me excitaba de nuevo, y escribía sin cesar... No podía impedirlo. Esto lo habrás leído también. Lo conté en mis diarios.

—¿Qué quieres? ¿Templar?

—Templar o bailar, tú y yo sabemos que es exactamente lo mismo.

Ella puso el bolso en el borde de la acera y se entregó a los brazos del ruso; aprisionada en sus músculos, los huesos traquearon, y danzaron a todo lo largo de la calle. Y mientras bailaban, y levitaban, hicieron el amor, trascendidos a la dimensión del sueño. Transidos.

Tocó de nuevo el pavimento con los pies. El Fauno escapó a refugiarse en la penumbra. Se encogió de hombros ante esta inesperada fuga, más acostumbrada a esos trances. A esos transes. A unos pasos del edificio, hurgó en el bolso, buscó las llaves mientras tarareaba:

La china que yo tenía,
cuándo la volveré a ver,
era una manzanillera
que me dejó de querer.
Yo la vi, yo la vi, ay, yo la vi,
y ella no me vio.
Estaba comiendo mango,
sentada en el malecón...

Extrajo las llaves y las meneó al ritmo de la melodía, sin percatarse de que la silueta de un hombre pisaba sus huellas. Más próximo, el perseguidor apuntó a su cabeza con el lente de una cámara. Disparó el flash. Ella se viró, no pudo reprimir su asombro. Él volvió a manipular el obturador. Esta vez sostenía la cámara con la mano izquierda, con la derecha empuñaba la pistola de Dora. Retrató al mismo tiempo que disparó sobre Canela.

Ella cayó, la nuca dio en el filo del contén, sin embargo, aún seguía viva, con dificultad intentó arrastrarse hasta la escalerilla del inmueble. Él insistió en fotografiarla al tiempo que le disparó una segunda vez.

El hombre huyó apresurado, impulsado a declarar su supuesto crimen a la policía. En medio del camino se arrepintió de querer entregarse tan fácil y entró en un bar, dispuesto a beberse un trago antes; lloriqueó, cobarde.

Amanecía, dos meses más tarde. Peter, desde la ventanilla del taxi, contemplaba la estructura magnífica del puente de Brooklyn, entretanto, recordaba, con irresistible escozor placentero, el cuerpo de Canela abandonado en la acera, abollado el cráneo, inmerso en un plato de sangre.

SMS del editor:

no pdes mtar a canela stupido final inventa algo mjor I
need novla historica
gracias

EL EDITOR

Encendí velas diminutas y las coloqué bajo potes de porcelana rebosantes de aceite de mirra, de esencia de gardenia y de higo, repartidos en cada habitación, y abandoné mi mente, vagué por los sucesos de las últimas semanas. Después de la fiesta, y del asalto nocturno a Canela, decidimos mudarnos a Nueva York. Me había instalado con Richard en su apartamento de Manhattan, aunque muy pronto tendría uno propio, o sea, alquilado, sin embargo, las relaciones con Richard no podían ir mejor.

Liú también se había adelantado para alquilar algo donde poder acomodarse y compartir con Pupy.

Juan, Ada y el resto de la compañía se repartieron en apartamentos pequeños, pero muy chulos, y de paso muy caros, en Chelsea.

Canela había sobrevivido, pero las heridas de las balas la inmovilizarían por un tiempo, no podría bailar en unos cuantos meses. Sin embargo, una vez que obtuvo la autorización del cirujano para viajar, decidió hacerlo lo más rápido posible, y compró boleto también con destino a la Gran Manzana.

Peter, lo que era ya un comportamiento habitual, había conseguido burlar a Scotland Yard, quién sabe si con la complicidad de Dora, lo más probable. En todo caso, nadie podía sospechar de su paradero. Salvo yo. Y las investigaciones continuaban sin mucho éxito, eso fue lo que contaron los agentes a Tom Bent.

Esa mañana Richard se despertó y, destapándome, olisqueó mi cuerpo entero, como un gato ante su cacharro de leche o su pescado. Abrió mi sexo con dos dedos y empezó a limpiarlo, a dar lengua en la pepita hasta que no pude más y le pedí a carcajadas que me templara de una vez. Me encanta reírme cuando tiemplo. Antes de metérmela, mamó mis tetas, y yo le di lengua desde el culo hasta la punta del rabo. Nos vinimos, él eyaculó entre mis nalgas. Nos bañamos juntos, embadurnó de su crema de afeitar mi sexo y lo afeitó con cuidado, luego rasuró su barba con la misma cuchilla. Richard se vistió a toda carrera, pues temía llegar tarde a la oficina, y yo me quedé como todas las mañanas remoloneando. Mi hombre se mostraba feliz de querernos y de vivir juntos.

Yo, escéptica. Empecé a escribir otro libro, la historia transcurriría en París. Me fascinaba escribir en Manhattan, podía encargar comida y esperarla acostada en el suelo de granito mientras revisaba los últimos párrafos.

Había terminado un guión de cine, y además, envié el manuscrito a una productora. Esperaba respuesta, sin apuro, casi consciente de que se quedaría en ilusión jamás realizada; mientras tanto me dediqué a impartir cursos de español y retomé mi columna sobre la compleja psique de los bailarines. No había mucho que decir: primero, del ballet muy poco se escribía en la prensa, cada vez menos, y segundo, todos los bailarines son absolutamente neuróticos, igual que los pintores, o casi.

Asunto difícil de explicar caso por caso en cada una de sus particularidades.

Al menos no me encontraba de vaga, y el caso era que Richard creía en mi talento, y eso le daba un *plus*, un punto a su favor, engalanado así mi ego, alimentaba mi vanidad. Y, además, poseía ese detalle tan esencial y cómodo para mí: singaba en las mañanas, pues en las tardes llegaba demasiado fatigado de la oficina, de este modo me dejaba el día libre para mis restantes proezas sexuales.

Unté L'insolente de Guerlain en mis tobillos, en las corvas, entre los brazos, detrás de las orejas, unas gotas en el cuello, entre los senos, debajo de la nariz. Me ceñí unas medias negras de malla, sin bragas, una falda de cuero negro, botas también negras de cuero, un suéter morado de manga tres cuartos, una chaqueta de terciopelo negro, y telefoneé a Liú para que desayunáramos juntas. Nos citamos en el Croquis's café.

—Me contó Pupy que el otro día, cuando viniste a visitarnos y te lo encontraste en la escalera, él bajaba a comprar cigarros, tú recién entrabas, ni corta ni perezosa, le chupaste el tolete en el zaguán.

Liú no parecía muy satisfecha.

—Fue una bobada, ligereza mía, no irás a ponerte pesada. Y él se dejó gustoso. ¿Estás brava, celosa?

—No lo estoy, para nada, aunque no negarás que siempre nos hemos contado este tipo de cosas, y esta vez no dijiste ni esta boca es mía.

—No te sentías bien, me dio pena después contigo, ya que mientras tú estabas doblada de los dolores de ijares yo estaba mamándole el trozo a Pupy... ¿Te has enamorado de él...?

166

Liú asintió.

—Como tú de Richard, a quien yo dejé tranquilo cuando me lo exigiste en su momento.

—Mensaje recibido, tienes razón, perdóname. Con una diferencia, todavía no veo claro si estoy enamorada de Richard. No estoy segura de que durará.

—¿Y el diamante que llevas puesto en el anular?

—Pura decoración, además de que eleva la estima de mis otros amantes hacia mí.

Noté que Liú me disculpaba, aunque advertí antes de despedirnos un toque de recelo en sus pupilas:

—Confía en mí, sigo siendo tu amiga. —Haló una larga cachada del cigarrillo.

¿Seguiría siendo mi amiga si yo le tumbaba a Pupy? Sí. Liú era, por encima de todo, mi gran amiga. ¿Y si se enteraba de los tejemanejes en los que yo andaba? No le quedaría más remedio que perdonar. Liú, yo te quiero, no lo olvides, susurré.

La brisa desperezó mi mente de perversas premoniciones, el sol achinó mis ojos. Hacía un día hermoso para emprender la primera locura que se le ocurriera a cualquiera. Pensé que nunca antes me había apasionado tanto la palabra aventura, en los extravagantes significados que yo le iba coleccionando.

Di una vuelta por la librería Lectorum, para comprar algunas novelas y libros de poesía en español. Hube de apresurarme, pues debía encontrar a Tom Bent, teníamos previsto un almuerzo no lejos de allí, pero ya era tarde.

Lord Tom Bent y Richard se habían hecho muy amigos. Es un decir, en realidad, Richard le había gestionado el capital, o sea, le subvencionaba, igual que en anterior ocasión, varios espectáculos en Broadway. Prometía ser por todo lo alto, como se hace en la meca de la comedia musical.

Cath y yo nos habíamos hecho también, al menos en apariencia, muy amigas, eso fingía yo. Ambas cuidábamos de Canela para que muy pronto retornara a la danza. Canela había preparado el musical latino, sin embargo, una muchacha más joven y con menos talento la reemplazaría, hasta que ella recuperara la salud. Lo que no podía sospechar Cath era que, después de los almuerzos del martes y del jueves, lord Tom Bent, Canela y yo nos entregábamos al frenesí orgiástico en un hotelito cercano a Central Park.

Fui yo quien terminé de cicatrizar las heridas de bala en el hombro y en la cadera de Canela, lengüeteaba como una gata ruina aquellos coágulos brillantes que se tambaleaban en los agujeros de la carne, entre los puntos de sutura. Tom Bent se reveló como el amante perfecto, culto y caliente, nos leía poemas de William Blake, de Oscar Wilde, de lord Byron... Colocaba un vibrador en mi culo mientras me introducía su cabilla en mis bembos recién rasurados. Surgía de mi crica para ampararse de la de Canela, también sin un vello. Nos sugería ajustarnos correa con gigantescas pingas plásticas adheridas para que hiciéramos tortilla, y matáramos el enano de penetrar a nuestra *partenaire*.

Las manos de Tom Bent eran finas, dedos largos como los de un pianista, además de que acariciaba como una chiquilla. A cada rato le dábamos por el culo con las yucas de goma, y eso le hacía venirse como si su sexo fuese una fuente luminosa.

Alrededor de las cuatro o las cinco de la tarde debía

marcharme, no tenía ni siquiera que inventar un pretexto, siempre acontecía un contratiempo, una querella íntima, una discusión profesional, entre Canela y su empresario, entonces yo presentía que sobraba, y me escabullía a los ensayos de Juan.

Embarré con grumos de semen de mi sexo los asientos de cuero gastado de muchos taxis neoyorquinos en mis idas y venidas —nunca mejor dicho— del nido de Tom Bent y de Canela hacia el teatro.

Juan y Ada trabajaban como bestias. Las funciones de cada noche los obligaban a ensayar también los mediodías, el gitano era demasiado preciosista y no justificaba ningún defecto. Aquella tarde llegué al teatro más temprano de lo habitual.

Juan analizaba sus propios pasillos, afanado en renovarlos mientras marcaba unas bulerías; Ada se tiraba las cartas en solitario, apartada en una esquina, en espera de que le tocara su turno. Intenté no distraerlos con el ruido de mis pisadas, pero Ada advirtió mi presencia, poseía una nariz muy fina y podía presentir los olores a distancias increíbles. Ada adivinaba en honor de su nombre.

Bajó del escenario y se sentó a mi lado. En el brazo de la butaca escondió boca abajo las caras de las barajas.

—Hala una hacia ti.

Obedecí.

—Raro. Te sale más o menos lo mismo que a Canela unos meses atrás. Cuídate, mi china, mira que guerra avisada no mata soldado.

—¿Pero muy malo?

—El fantasma en tu camino, el criminal detrás del espíritu. Y tú que armas unos líos que p'a qué te cuento. Pasión y guerra. Querer y crimen. Eros y Tánatos.

—Oye, Ada, no jodas, todos vamos a amar y a morir alguna vez.

—Ya lo creo, pero no me deseo un fin como este que veo aquí. Tú, en el medio de una madeja enredada. Una mariposa atrapada en una telaraña. No es que quiera estropearte el día, pero pásate un huevo por todo el cuerpo antes de bañarte con flores blancas tres viernes seguidos. El huevo lo guardas en un cartucho y lo tiras hacia atrás por encima de tu hombro izquierdo al doblar una esquina. Te dejo, que a éste —señaló a Juan— le da un titingó, no puede verme distraída.

Ella se alejó al reclamo insistente de Juan.

Observé sus cuerpos cimbreantes y no pude resistir el embale de que me pertenecieran. Al finalizar, los acompañé al camerino, sugerí que nos amáramos. Ambos se encontraban muy cansados y prefirieron dejar los cariños para otra tarde. Comprendí, y después de ayudarlos a colgar algunos trajes, consulté el reloj. Se me estaba haciendo tarde para el aeropuerto.

Alquilé un taxi y en el interior abrí los cuadernos de Nijinski, traté de leer, sin lograr concentrarme en la letanía de las frases; una manera —me dije— de librarme del desespero debido a mi estúpido retraso. No debería haberme entretenido en el teatro.

Dudé, si Peter llegaba y no me veía, de seguro tomaría un taxi y se atrevería a cualquier barbaridad. No, no lo podía afirmar, él no estaba tan esquizofrénico como para arruinar las posibles travesuras comunes, nunca haría ninguna torpeza antes de ponerse en contacto conmigo.

Mi correspondencia, donde le contaba mis futuros *performances*, en los que yo sería la protagonista absoluta, aunque entregaría roles secundarios a algunos elegidos de mi gusto, lo había entusiasmado, y al mismo tiempo, prevenido de que no podía cometer deslices.

Lo imaginé más bien curioso, quizá alterado ante la duda del retador porvenir. Él esperaría paciente a que yo lo buscara. Cenaríamos —esa noche Richard trabajaría hasta altas horas—, después de que lo alojara en el hotel. Había reservado con mi nombre una lúgubre pero segura habitación en el Village, allí esperaría mis órdenes: instrucciones precisas de seducción y de vida.

Nos abrazamos en el aeropuerto el editor y yo.

—Peter, perdona el retraso, la ciudad está congestionada, esta noche es la entrega de los MTV Awards, y ya podrás imaginar.

Extrajo el manuscrito de su maletín de mano.

—Quedé muy asombrado, ahora resulta que soy un asesino. Soy el personaje malo de tu novela.

Me detuve, cerré los ojos. El editor me haló por el brazo.

—Mientras que sea sólo en la ficción.

—Tomé prestado sólo el nombre. —Me mordí la lengua, confusa.

—¿Has pensado en el giro que debe tomar la novela para convertirla en un alegato en contra de la guerra?

SEGUNDA PARTE

11-M

Encendí el ordenador, fui a la primera página del diario *El Mundo*. Terrorismo en Madrid. Que si ETA, que si Al Qaeda. O ambos inclusive. Terrorismo, a fin de cuentas. Inocentes despedazados. Consiguieron desviar el rumbo de las elecciones. Gana el señor Talante. Sonrisa falsa.

Doscientos muertos. Entre ellos, un exiliado cubano de nombre Michel. No lo conocí, no lo olvido.

Chloé salió muy furiosa de la oficina de su jefe, Espléndido Doymeadios.

—No soy puta (aunque por el nombre lo parezca); soy periodista, coño. ¿O es que ya nadie sabe lo que es el respeto y la consideración a una compañera?

Vociferó mientras se miraban en el espejo frente a la guardarropía, y siguió hacia la escalera mascullando, airada.

—Trabajo en un periódico sociológicamente (no la busquen en el diccionario, es una palabra trasnochada) socialista, subvencionado por publicidades capitalistas. Vivo en Europa, pero no soy de origen europeo, más bien nací en un pueblucho ignorado de América Letrina. Sí, porque según los occidentales, mi isla pertenece ya a ese apestoso continente. Soy mestiza, aunque me tiño de rubia, para no dar fe de mis verdaderos orígenes... ¿Deberé contar al diario de la competencia la basura que me han hecho en este maldito lugar para poder largarme con la cabeza bien alta, y sobre todo, con un salario mayor? No, no, qué va, mi amor, yo seré de todo menos hija de puta. Mejor me voy a singarme a un negro con la pinga de mármol de Carrara, o me meto en un museo que tanto me relaja, o voy a la boutique de la rue Saint-Paul a comprarme cualquier tareco de los años cincuenta, tal vez el afiche de Andy Warhol, el famoso de la lata de sopa de tomate. Es que necesito comprar algo urgente, es que estoy muy deprimida, me cacho en diez, qué manera de amargarme la existencia este desgraciado con su cabrona manía de famoseo... Y yo no, no soy fama, soy cronopio, carajo, como escribió Julio Cortázar de las mujeres como yo.

Chloé, además de periodista, era vidente, y poseía un olfato muy fino para el marketing.

—No escribas ahora sobre viajes, ni novelas históricas, pronto pasarán de moda. Lo que se llevará será el tema de la inmigración, del terrorismo, de la guerra bacteriológica, de la gripe aviar. Nada tiene sentido, los sentimientos no cuentan —me aconsejaba, encabronada—. Me acaban de poner de patitas en la calle, una botada antológica. Me despidió un amargado que en lo único que piensa es en vender, en el sala'o dinero, y se dice progre, ¡no, si yo te digo a ti que hay que ver para creer! Y en templarse a las que trabajamos con él, si me gustara, pero padece halitosis, por las orejas se le escurren los tacos de cerilla, por lo que está medio sordo, es de cutis graso, y los hombros los lleva cundidos en caspa. El sobaco le apesta a zoológico...

—No sigas —hice una arcada.

—Debes cuidarte, debes desconfiar más. No abrir tanto la puerta de tu casa. Y recuérdalo: no hay buena acción que no sea castigada.

—¿Qué quieres decir?

—Que tanto que ayudé a Indiana de la Vigilancia y a su marido architerrorista, y ahora andan despotricando de mí. Fueron ellos los que me pusieron la podrida en el periódico.

—¿Cómo pueden hacerles caso?

—Ay, mi vida, aquí a la gente les encantan los guerrilleros.

—La pobre, siempre que puede saca de la cartera el cadáver del padre narcotraficante, lo ha arrastrado de tribuna en tribuna, cacho de oportunista.

Ayer viajé dieciocho paradas de metro para visitar a mi amiga Chloé. La hallé como de costumbre, contemplaba el futuro cubano (a ella no le importa otro tipo de porvenir que no sea el nuestro) en su bola de cristal, al mismo tiempo que barajaba cartas y consultaba el I Ching. Me dijo, atemorizada: «Cúbrete la cabeza», y me extendió un tul renacentista. Acto seguido, susurró los pormenores en la oreja que mejor oye (desde que dejé de fumar me estoy quedando sorda).

—Es que tengo a Dominique tirada en la cama con un yeyo porque se fueron ella y Gaspar a Cuba de vacaciones, y el marido no sólo se la dejó en la uña, sino que regresó a Francia con una cocotimba empaquetada en un condón chino. ¡Dominique no quiere saber de ti, te ha cogido una roña!

—¿Y yo qué tengo que ver con ese mikimbín, Chloé? —pregunté, consternada.

—Dice Dominique que por culpa de tus libros Gaspar la abandonó.

—¡Ay, mira, que se deje de gracia, se largó porque es una puerca, no se afeita los sobacos, y manda tremenda peste a grajo y a chocha!

Estuve a punto de gritar, pero en eso surgió del cuarto Dominique, anegada en llanto y abnegada en churre, las uñas de los pies daban grima. No me reconoció porque yo, con el trapo polvoriento en la cabeza, daba más a Casper el fantasmita que a Leonor de Aquitania. Dominique vestía un pantalón verde olivo y la camiseta con el retrato robot del asesino, o sea, del Cheísimo. Así que una pionera comunista le tumba el marido a esta energúmena y ella todavía tiene gandinga de disfrazarse de mona guerrillera.

—¡Ninotchka, Ninotchka! —alarmó Chloé con los ojos virados en blanco y la lengua retorcida, contoneaba el cuerpo igual que Chencha la gambá—. No se asusten, es que me dio un repeluco, padezco de ataques epilépticos. Quise decir que anoche por fin vi *Ninotchka*, la de Greta Garbo.

Ya yo estaba contra la pared, por si las moscas. Rogué a Chloé que avisara cuando fuera a mencionar ciertos nombres, no por mí, que yo sí prefiero la pasión del corazón a la frialdad cartesiana, y *Ninotchka* es una película que, a pesar de los pesares, siempre ha gustado. No esperen que vaya a ser leña del árbol caído. Resulta que ahora todo el mundo es *güeno* y fino. Dominique todavía no me había reconocido, pero estudiaba con inquina mi colorida indumentaria. Antes de que descubriera mi identidad, Chloé la previno argumentando que yo no era yo. Yo era una aparición con vestido de Narciso Rodríguez y zapatos de Manolo Blahnik adquiridos en Bal Harbor, y que era una adicta a la moda de «Sex and the city», el burka afgano formaba parte de la última moda en París, mintió, después de los atentados del 11 de setiembre. Dominique echó a correr, no de pavor, es que de súbito se acordó que había dejado la olla de presión —en francés lleva el curioso nombre de *cocotte minute*, que puede querer decir «gallina al minuto» o «veloz mujer de la vida»— con un potaje al que le había echado la médula espinal de una vaca.

Chloé señaló con la larga uña plástica a la bola.

—Mira, Elián en Nueva York. —Y sus palabras me sonaron a *Home alone III*. Francamente, qué espanto, ambas nos miramos, pensábamos lo mismo.

—Siempre sospeché que aquello estuvo preparado de antemano por el Hijoepuntonpuntocom. Alguien cercano avisó que el marido de Elizabeth Brotons la iría a buscar, al niño lo durmieron, y a ella la ahogaron. Lo de los testigos estuvo borroso. Y ese pescador que no quiso declarar, que, además, se comenta que hasta ha ido a Cuba de visitante secreto...

Chloé cerró el pico. Entonces fue François Routine, o sea, Pancho Rutina, el marido de mi amiga, quien cacareó, asomado a la puerta:

—Chica, ven acá, ¿no será que Elián era un robot espía enviado o un cloncito, tú? Miren, Elián, Alien... Un bicho raro.

—Elián acaba de dar su primer mitin, duró dos meses sin parar y ni agua bebió, dicen que tiene tipito de cundango.

Es injusto hacer dieciocho paradas de metro para oír semejante barrabasada. Los vecinos nos mandaron a callar por el escándalo que armábamos con los comentarios y las carcajadas. Volvimos a mirarnos Chloé y yo, y gritamos:

—¡Y lo de meter los Grammy en Miami fue idea de Elián! ¡Te digo a ti!

—Así que... ¿sigues escribiendo la novelucha? —Chloé extrajo una cajetilla de rubios de la copa del ajustador y encendió un cigarrillo, haló una cachada profunda y exhaló por la nariz—. Yo no, no pienso escribir una línea más para nadie... ¿Tú sabes quién me traicionó? El que menos me esperaba, el que más ayudé en el periódico, el más guanajo, el más zorro... Adiós a la prensa escrita y a todo lo que tiene que ver con pensar: ahora me dedico a sentir, a presentir... Bueno, tú sí, a ti siempre te ha encantado la celebridad y toda esa tontería que sólo se alcanza después de muerto. Fíjate, no me leo ningún novelista vivo, no estoy para sonarme esas muelas bizcas de mis contemporáneos. Y ahora todo el mundo escribe una novela, es como una enfermedad contagiosa, ¡un horror! Dime una cosa, ¿y aquella novela erótica que escribías y que se desarrollaba entre Sevilla, Londres y Nueva York?

Hice gesto de que la había abandonado.

—Te equivocas, no me encanta la celebridad, como tú dices. Me molesta que la gente se sirva de ella para aplastar a los demás, me jode profundamente la mediocridad, el manicheo con la literatura, el plagio, y todavía ésos, quienes se nutren de la mezquindad, tienen cara de salir retratados en las portadas de las revistas. Me encanta la vida, eso sí. Un día detrás de otro, y cómo todo puede cambiar en un pestañear. Empecé otra cosa, o sea, otra novela.

—¡Ave María, mi cielo, pero te vas a pasar la vida empezando novelas! ¿Cuándo terminarás alguna de ellas? ¿La nueva es también erótica?

Encogí los hombros, fingí indiferencia.

—Es una novela sobre el exilio y la guerra. Se titula... En fin... Aún no he encontrado un buen título. Se llamará *Ilam perdido*, creo que algo así, más o menos. Se la dedicaré a Yoandra Villavicencio, cubana deportada por Francia en el año 2000, y fallecida después, en La Habana, en condiciones sospechosas.

Chloé encendió el plasma de la televisión, nos tapamos los rostros con las manos. Ante nuestros ojos, las imágenes de los trenes en Madrid. Espanto, dolor, muerte.

Miré la fecha en mi reloj de pulsera: 11 de marzo.

La boca de aquel cadáver, abierta, semejante a la de *El Grito* de Munch. ¿Su familia habrá podido reconocerle?

ILAM PERDIDO

—

«—¿Qué haces aquí todavía?

No había mala intención en el tono de su voz, pero tampoco era amable; Silvie se impacientaba.

—¿Y dónde quieres que esté? —preguntó Irena.

—Pues ¡en tu tierra!

—¿Es que no estoy en mi tierra?

Por supuesto, no quería echarla de Francia, ni darle a entender que era una extranjera indeseable.»

MILAN KUNDERA, *La ignorancia*

HALLADA

Temblaba acurrucada, la boca apretada, las manos crispadas, ansiaba demostrarme calma, recostada en un banco de piedra. Hacía bastante frío todavía, corría el mes de abril, aunque estaba protegida por dos viejos abrigos de lana, tapada con trozos de periódicos viejos, y cercada por cartones usados. Creo, en efecto, que no tenía la menor idea de si aquellos hechos sucedían en abril, o no, o en otro mes cualquiera. No me importaba ningún mes, despreciaba el tiempo.

«Soy la sobreviviente de una guerra», me insistía en voz baja para tranquilizarme. Suponía que pronto olvidaría ese hecho que para algunos era un detalle insignificante; otros, por el contrario, no deseaban ni siquiera oír la palabra guerra. De mi parte, yo entregaba lo mejor de mí, la constancia, con el firme objetivo de olvidar lo más rápido posible, y de sumergirme en el ultrajante silencio. Ya dije que no recordaba en qué mes transcurría mi existencia, ni qué guerra me había vomitado sobre aquel parque. En todo caso, me rondaban imágenes de cadáveres amontonados, y quería lavar de mi mente la sangre que se filtraba por los resquicios de las puertas, de las escaleras, en los edificios destruidos; por esa razón me hallaba sentada con los brazos cruzados en aquel banco de un país extraño, para impedir que el color del viscoso líquido escarlata me cegara para la eternidad.

Allí, como aquí, la extraña era yo. Y no los soldados que llegaban del más allá para salvarnos frente a los soldados que supuestamente debían protegernos, quienes nos disparaban a bocajarro; los primeros nos mostraban la paz simbolizada por ridículas cajitas musicales.

Sentada delante de ese árbol deshojado desde hacía no sé cuánto tiempo, había perdido la memoria de cuando yo vivía en otro país y no era libre. No, tampoco lo fui allí, menos allí, en mi país. Y, sin embargo, me invadía la desoladora impresión de heredar toda la secuela del olvido de la historia. Yo miraba, solamente con la indiferente curiosidad del sobreviviente, en un idioma y en unos gestos que no eran los míos, el que aprendía poco a poco, con los niños y sus padres, con los viejos y los estudiantes, con los enamorados, con las palomas, y también con los turistas que se paseaban ignorantes de lo que significa la guerra.

Escuchaba las palabras y las repetía hasta la saciedad de modo mecánico, aprendía monótonamente, con el temor de quien es muy consciente de que conocer da más miedo todavía, un pavor intenso, como se teme a una enfermedad incurable.

Sin embargo, muy rápido me sentí mucho mejor adaptada a vivir en una lengua que yo intuía no debía de ser la mía, adopté ese idioma como refugio. Abría la puerta y entraba en la calidez del idioma, el olvido venía a ser el umbral de la habitación construida con palabras ajenas.

Al menos podía respirar; al menos, algo raro sucedía en mi interior cuando aspiraba y exhalaba, una emoción distinta, aguda y perforante como el rayo, y podía observar la vida de los otros sin el humo de los bombardeos.

Cuando un joven besaba a una muchacha a pocos pasos de mí, en el parque, ese gesto de amor evocaba en mí que de seguro también tuve un enamorado, y tal vez hubo besos apasionados. Aunque no sabría decir si me besó con semejante ardor; es posible que si hubiese ocurrido de verdad yo recordaría el sabor de su boca, palpitantes sensaciones, y palabras, sin duda evocaría frases melancólicas. A veces pensaba en el amor y se me retorcía el estómago de los cólicos.

No conseguía moverme de allí, de aquel espacio mío, en mi banco, en aquel parque; frente a la Sena. Salvo para comer en los basureros, bien tarde en la noche, cuando nadie me observaba y reprobaban mi precaria situación. Salvo para buscar un lugar seguro donde pudiera esconderme a pensar sin temor a ser agredida. Salvo para dirigirme a la lavandería a recuperar vestimentas que la gente dejaba en cajones colocados en la puerta, para pobres como yo, sobrevivientes de una guerra, prefiero este segundo término.

No deseaba pedir limosna. Vi a una anciana extranjera reclamar ayuda, la gente pasaba a su lado como si su magro cuerpo fuera transparente. Su rostro anónimo enrojecía, afiebrado. Murió en ese estado de invisibilidad en que la ubicaron los demás. No deseo morir transparente.

De lo único que sentía ganas era de quedarme ahí, tranquila, aferrada al banco. Al menos, ilusionada con la idea de que ese pequeño espacio se asemejaba a una metáfora aproximada de la paz. O a la luz distante de mi tierra. Rebobiné la memoria, como quien desea barajar fragmentos de una película absurda.

ILAM
—

El olor de la nata de la leche amarillenta y resbalosa, hervida desde hacía un par de horas, me hacía cavilar en los atardeceres isleños. Estudié con los ojos endiosados, aunque mortecinos, ese mínimo detalle de la distancia cuajado en la espuma láctea.

Ilam dijo un día de sol reverberante que la isla era lo más parecido a un eructo trabado entre el pecho y la garganta, y me prohibió mencionársela.

—Hablemos de continentes —ordenó en tono imperativo—. Basta de nimiedades. ¿No te das cuenta de que el regodeo malsano no hace más que retrasar nuestra evolución intelectual?

Mi isla es como un nódulo, enraizado muy hondo, desarrolla su fijeza dolorosa, es lo que la hace más dañina. Mi isla es ya lo más semejante a una momia, una especie de Alien, y anda escarbando y recomiéndome las entrañas. Sentía un escozor metafísico, y no conseguía rascarme la memoria.

Ilam opinaba que los isleños somos gente maldecida, y que pagamos caro por ser demasiado vanidosos; ah, y que nos creemos el ombligo del universo, absurdos privilegiados del planeta. Y todo por esa tontería de estar rodeados de agua que nos vuelve lastimeros. Mar por aquí y mar por allá, mar delante y por detrás, mar por cada costado, mar acullá, mar y sólo mar... Y ciclones, y salitre. Cuando no es sol y resolana, sequía, sed, hambruna, necesidad y necedad. Las islas son lo más politiqueras que haya parido volcán o huracán, por supuesto habitadas de pobres que sólo hablan y vuelta a paliquear de política. Normalmente, los ricos habitan los continentes —excepto África, donde por temporadas también habitan ricos, pero mucho menos—, y para nada pronuncian esa estúpida palabra que ensucia el dinero: política. ¿O es al revés, no es el dinero el que embarra a los políticos?

Ilam no quería saber de islas, y sin embargo su nombre evocaba la insularidad. Ilam, isla.

—Esa isla en donde desdichadamente nacimos ya no tiene remedio, morirá de muerte natural, se hundirá bajo el peso de la desidia —fue el diagnóstico de Ilam sobre la salud de aquel suelo a la deriva.

Sucedió durante cualquier verano; conversábamos, apoyados los codos en el borde de una embarcación, mientras navegábamos de Francia a Córcega.

—¿Sabes, Ilam? —decidí explicarle—, yo la sufro, la isla, quiero decir; similar a las arcadas provocadas por una mala digestión de nata excesiva, me repugna asentada en la profundidad de mi yo. No puedo deshacerme de esa cabrona, y te juro, Ilam, que no es sentimentalismo barato. Es un desgarrón, es el monstruo que destripa su verdor en mi interior.

—¡Deja de atragantarte con cáscaras de plátanos, mujer! ¡Escupe, vomita esa basura de plataforma insular!

Cerré los ojos, aspiré la brisa, mis pulmones vibraron con la presencia de la asesina. Vida, isla. Ilam.

—¿Qué? —Y su pregunta sonó desolada en la tarde—. ¿No estarás desfallecida?

Apenas entendió mi pregunta. Me hubiera gustado tener pies finos, pies europeos, y senos blancos, tetas europeas, como en aquel hermoso libro de otro isleño. O como Marie.

—¿Sabías que las islas raramente se reconocen entre sí? —pregunté.

—No —respondió Ilam, indiferente.

—A Cuba le importa un comino Groenlandia, por ejemplo.

—A mí también. ¿No es allí donde hay vikingos?

Ilam preguntaba cada cosa, que yo me partía de la risa. Eso tenemos los insulares, nos reímos de todo, por cualquier tontería estamos muertos de la risa. Muertos de estupidez, se muere de humedad y de amor, y de desconsuelo, y de desolación, y de tanta imbecilidad inservible que nadie logra ya enternecerse con estos accidentes geográficos.

—Una isla es un concepto —sentenció Ilam.

—No, una isla es sencilla y llanamente una película inacabable, sin final adecuado. Sin final, punto. Una isla es un clavo. Una isla es espíritu puro. Nada es real, sus habitantes sobreviven en la irrealidad más tenebrosa. La gente se mata y nadie se entera fuera de los límites de la isla, o de la provincia, o del barrio. A veces, la gente se elimina entre sí y la noticia no pasa de los límites del cuerpo de la víctima, y de la puñalada.

Cada vez que oigo eso de la belleza natural de las islas me entra una roña. No hay frase más energúmena que la que pronunció el tal Cristóbal Colón, si es que de verdad la dijo, al arrodillarse; si es que es cierto que llegó a ponerse de rodillas. Ésta es la tierra más caótica que ojos humanos han visto; debería haber reflexionado antes de precipitarse con sus pasiones. Eso, también derrochamos pasión por los cuatro costados.

Ilam rodeó mi cintura con sus potentes brazos y besó mis labios, los suyos ardieron en los míos, como cuando en la playa el exceso de rayos ultravioletas levanta ampollas y hace sangrar. Una isla es una ampolla que sangra. Hay que esperar a que se seque y cicatrice para volver a sentir ganas de tomar el sol.

El clavo flota en el agua, tú nadas hacia esa pequeña cabeza que espejea; de súbito se vira y la punta se te encaja en la garganta.

TRABAJO AL NEGRO

—

—*Vous avez une pièce d'un euro s'il vous plaît?* —La mendiga que tocaba el violín extendió la mano.

Yo no, me niego, yo no paso el sombrero. Salvo para reclamar el precio por haber accedido a que abusen de mi cuerpo.

—*Yes, mademoiselle.* —El hombre colocó la moneda en el hueco de la carne.

Luego me miró a mí.

—Perdone, no hablo inglés —me excusé, huidiza—, creo que hablo español, pero olvidé, o quise olvidar mi lengua materna. Sospecho que una vez hablé español. El castellano, dicen, es la lengua del futuro. O el chino, no sé. Sueño en castellano. Hablo justo un poco de francés; ya es suficiente. Algunas pocas palabras precisas para no morir de hambre, o de amor.

¿Por qué siempre hablo de más con los desconocidos?

—*J'ai besoin d'une fille qui fasse le ménage... En fait, pas moi, madame Zinsky...*

—*Ah, bon! Combien pouvez vous payer, vous ou madame Zin... je ne sais pas quoi?*

—La tarifa normal, señorita, es decir, al negro, diez euros la hora.

—*Pas mal* —me informó en un susurro la mendiga del violín—; normalmente debería pagar de doce a quince.

—De acuerdo, por diez con cincuenta céntimos, ¿adónde debo ir? —acepté, con mi facha pocos me hubiesen ofrecido trabajo.

—*Pardon?* —bizqueó.

Qué manera más sosa de pedir perdón.

—¿Cuál es su dirección?

—¡Oh, no, no es para mí! —volvió a repetir con cara de estreñido extrañado—. Se trata de una amiga polaca, muy avejentada —subrayó, en lugar de llamarla vieja, o anciana—; necesita una sirvienta de limpieza. Pero, fíjese bien, ponga atención, habrá que tener mucho cuidado con sus rompecabezas, los colecciona, son piezas de museo.

Fui al día siguiente, 9, rue de Rosiers, a la casa de madame Zinsky. Comencé por quitar el polvo de los muebles, no había demasiado, pero madame Zinsky insistía en que debía limpiar a fondo, y yo obedecí, porque cuando una tiene el estómago en Blanco y Trocadero, el primer acto reflejo es obedecer. Fue gentil, me invitó a beber té, y lo bebí, aunque para mí el té posee un sabor a medicamento antidiarreico.

Después anunció que debía salir, no podía perder la cita con su *bête* de consejero bancario, así se expresó. Añadió que, en la época en que le adjudicaron una consejera, todo iba viento en popa, las mujeres explicaban mejor los asuntos del dinero, afirmó. Yo no quería quedarme sola; de hecho, en breve no lo estuve, porque pocos minutos después de que madame Zinsky desapareció en el vaho de la ternera asada que subía del restaurante de los bajos, llegó su nieto. Le eché unos treinta años. Simpático, pelo lacio, cejas negras bien dibujadas. Saludó atentamente. Olía a higos. El nieto, digo, despedía un perfume a higos. Saludó como si me conociera de toda la vida.

Yo empuñaba la aspiradora y la puse en marcha no sin dificultad; nunca sé cómo funcionan esos aparatos. En fin, la aspiradora aspiró el polvo, que yo no veía, pero el nieto Zinsky aseguraba que era necesario limpiar aquí, y aquí, y dale con que aquí. Y cada vez más cercana de él, de su cuerpo zorro y caliente. Me estrechó contra su pecho y me besó; no abandoné ni un segundo la aspiradora, que por otra parte aspiró todo lo que encontró en su camino, incluidos los rompecabezas que madame Zinsky había logrado armar durante todo el invierno.

A su regreso, la abuela del candidato a maníaco sexual me despidió sin pagarme, muy malhumorada. Tanta importancia por dos o tres rompecabezas absorbidos por un robot. Ni siquiera me permitió sacar las piezas de la bolsa, sacudirlas con el plumero y ayudarla a rehacerlos.

Su nieto me acompañó, encolerizado contra su abuela por el maltrato que me propinaba, digno, según él, de cuando el tiempo de la esclavitud. De súbito, todo el mundo perdía los estribos, menos yo, raro, porque siempre me enroñaba primero que los demás. Cuando el elevador descendía por el segundo piso, el muchacho —pues parecía más joven— me planteó que deseaba hacer el amor conmigo en el sótano. Hacía un frío que pelaba, como en todas las bodegas parisinas en el mes de febrero. No estaba segura de si estábamos en abril o en febrero. Monsieur Zinsky se portó valientemente, porque apenas sin conocerme se hincó de rodillas, abrió mis piernas y me lamió la chocha con ardor.

—¿Cómo te llamas? —preguntó en un intervalo en que descansaba su lengua del entumecimiento de estar lame que lame antes de provocar mi rutinario orgasmo.

—Josephine... —respondí sin convencimiento.

—Falso.

—Pongamos que me llamo Mujer Sin Nombre... O Eva, es corto, sugerente, fácil de pronunciar en todos los idiomas.

Regresé al parque después de haber acabado de templar con monsieur Zinsky, de quien conocía muy poco, ni siquiera su nombre de pila. No sentí la curiosidad de preguntárselo, desde hace algún tiempo no hablo cuando me acuesto con un desconocido. Alargo la mano en espera de la sugerente propina por el servicio que ofrezco al dejar que abusen de mis partes.

A la mañana siguiente me sentía aturdida. ¡Ah, los árboles! Había conocido árboles más grandes y frondosos, pero era feliz con esos que admiraba en aquel instante, allí, desde mi banco, en el parque. Mi único sitio mío.

El hombre pequeño y regordete llegó aquella mañana a otra cita con la mujer que en otros tiempos fue rubia. Ahora ella llevaba una melena canosa.

Él hablaba demasiado, explicaba sin emociones. Ella lloraba, sin embargo, se mostraba firme, con esa entereza que da haber vivido un hondo y perenne sufrimiento. Ella tenía los ojos verdes, como el mar en verano. Imaginé que se llamaba Marina, u otro nombre que se asemejara a las olas.

Una vez tuve una amiga, Marina. Nunca más la vi.

Desapareció en la humareda de los bombardeos, o bajo la simplicidad de mis sueños. Igual que Ilam, perdido. No, ¿qué digo?, Marina fue devorada por los tiburones en el estrecho de la Florida. Qué va, su cuerpo explotó en una mina cuando la guerra en Angola. Confundo cada vez las experiencias dolorosas con mayor frecuencia.

El hombre de baja estatura, y muy grueso, se puso muy bravo. Seguro se llamaba Juan o Jean. He conocido varios Juanes o Jeanes, siempre malhumorados. Siempre al final se calman, y hasta puede que decidan reírse y volver a ser amables.

Restallaba plateado el cielo muy gris, y al cabo de un instante salió el sol, lo cual me dio ganas intensas a mí también de reírme. Pero no, no me reí, porque olvidé cómo se debe poner la boca para realizar semejante mueca. Y además, la señora, esa que yo llamaba Marina, lloraba amargamente, su pecho temblaba.

Amarga, estaba amarga, perdí el sabor dulzón de lo desconocido. Presentí que iría a quedarme amarga para siempre. Hasta mi muerte.

Una niña jugaba cerca de la mujer. Marina observaba a la niña, mezcla de inocencia y de miedo, sus gestos tan parecidos a los suyos. Juan o Jean se marchó. Decidió partir sin agregar ni una sílaba más. Lo dicho dicho estaba. Para nada contento, más bien muy enfadado contra esa mujer que volvía a gimotear discretamente.

Estoy harta de los llantos de la gente.

Había una gran cantidad de personas que iba a ese parque a llorar.

En fin, también iban niños, que se divertían como locos, y enamorados que se besaban sin pudor. Y algunos viciosos como yo, que gozaban con los espectáculos.

La niña repetía sin cesar: «*Nananananerre, nananana-nerre!*»

Y comprendí que ella buscaba algo en mí de lo cual fui desposeída al atravesar las fronteras.

Ilam perdido.

UNA LIGERA MELODÍA
—

Dormía todas las noches encima de ese banco. Ya no tiritaba de frío porque aprendí de memoria el frío. Como mismo aprehendí la dureza del maldito banco de piedra, a fuerza de encajármelo en los huesos. Me agradaba dormir bajo las estrellas. Cuando las había, que era de Pascuas a San Juan. Pero además, ¿qué estoy contando? ¡Si yo no duermo nunca! ¿Y por qué razón sentía yo nostalgias de las estrellas?

Los viejos llegaron y las palomas detrás de ellos. Me gustaría convertirme en paloma, pensé, y así poder picotear un trozo de pan. El hambre otra vez me roía las tripas, me atacaron los mareos, pero no iba a demostrar a nadie que me moría de exceso de jugos gástricos. Para borrar de mi mente el estado deplorable de mi tubo digestivo, pensé en mi situación administrativa, éxito rotundo, de inmediato me cortaba el apetito. Yo lo único que pedía por necesidad vital era tener papeles en regla, o sea, una carta de residente con permiso de trabajo. Tenía derecho al asilo político, ya que era sobreviviente de una guerra. Pero al principio, a mi llegada, cuando me presenté en la comisaría no entendía ni papa de francés, y de allí me botaron a cajas destempladas. Ese hecho también urge que lo borre de mi mente. No archivaré nada, absolutamente nada, que denigre mi condición humanam.

El nieto de madame Zinsky reapareció, vaya sorpresa, suspiré desalentada ante la figura del hombre. Sin decir los buenos días —los hombres volubles me ganan siempre, un día te halagan, otro te ignoran—, sin más ni más, me invitó a desayunar; entonces me animé, porque dijo que le había costado esfuerzo hallarme. Recorrió casi todos los parques de la ciudad. Noté que al sonreír se le marcaban dos hoyuelos en las mejillas, comentó que gracias al editor americano amigo de su abuela pudo dar conmigo, en el banco de aquel parque.

—En mi banco —subrayé, porque para mí era muy importante que supiera que ese banco me pertenecía. Era lo único que sentía estrictamente mío.

Me trató como si fuera su novia. Apresó mi mano y me condujo a una cafetería. Pidió croissants, té para él —qué manía tiene éste también con él té, pensé—, y para mí chocolate caliente, jugos de naranja naturales, revoltillo de huevos. Desayuné como una reina, después me dolía el páncreas porque comí demasiado rápido, y eso que me esmeré en fingir que estaba desganada.

—Hoy no trabajo. Daremos un paseo, almorzaremos juntos. Vendrás a mi buhardilla, dormirás ahí, conmigo, hasta que consigas mejorar tu situación.

—¿Contigo?

Admitió con guiño socarrón de macho cabrío, lo que es síntoma inmediato de fracaso permanente en la mayoría de los masculinos.

Le expliqué que mi situación había mejorado de

modo considerable. ¡De huir de los bombardeos a poseer un banco en un parque representaba un tremendo e increíble avance en la escala de valores! No lo dudaba. Pero él no podía soportar que yo me sintiera perdida.

—No lo estoy. Fue Ilam quien se perdió.

—¿Quién?

—Ni siquiera sé quién es Ilam. Sólo vivo el presentimiento de que desapareció en un borrón, en un tizne.

Sylvain, por fin supe que ése era su nombre de pila, ansiaba protegerme, y yo encontré peligroso experimentar ciertas ansiedades, como esa de amparar a una desconocida, a una *sans abris*. Él no sabía quién era yo, ni de dónde yo venía, ni a qué se exponía instalándome en su apartamento. Y temía que pasaría mucho tiempo antes de que pudiese averiguarlo, pues ni yo misma lo sabía, al contrario, cada vez la realidad me ubicaba más lejana de mí misma. Una mañana abrí los ojos y me hallé acostada en aquel banco, que sustituía a mi país; provisional era mejor que cero.

La buhardilla quedaba en el sexto piso sin ascensor en una calle corriente del Marais; por cierto, ni me fijé en el nombre de la calle. El sitio era pequeño y lleno de túneles, como la casa de un conejo, igual que una conejera. La cama, ancha y pulcra, resultaba el espacio mayor de la casa. Hacía mucho que no me acostaba encima de un mullido y firme colchón.

Sylvain. Selva vana. Es la idea que me daba su nombre. Extrajo de la lata de café un cartuchito de plástico con un polvo blanco dentro. Cocaína. Introdujo la punta de la llave y se llevó el montículo a la nariz, aspiró fuerte. Repitió la acción y me brindó. No, no soy de drogas. No soy más que un montón de huesos y algunos pensamientos inservibles envueltos en piel. ¿Qué mejor y más terrible droga que la ausencia de memoria? Por el momento, no necesitaba otro tipo de evasión. Pernoctaba en la evasión.

No hubo tiempo para atreverme en el apartamento de madame Zinsky, por falta de tiempo, y si lo hubiera habido, por miedo a impregnar las sábanas de mi olor y a que la anciana me despidiera (de todas formas, lo hizo), me habría echado en su cama. Quedé hechizada frente a la cama de Sylvain.

—Acuéstate, pruébala —alentó.

Y no esperé a una tercera palabra de invitación. ¡Qué importante es una cama para un exiliado! Es como una isla, al fin, no a la deriva, fija más bien a la memoria por los tornillos de la emoción y de la fatiga.

—Ilam, ven —rogué.

—Querrás decir Sylvain —respondió, y removió los huecos de su nariz entalcada.

—Claro... —rectifiqué.

Acostado junto a mi piel morena, la suya brillaba mucho más blanca. Estaba patéticamente desnudo, sí, con ropas lucía más hombre, menos enclenque. Al verlo junto a mí, desvestido, tuve la sensación de observar a un guayabito recién nacido. Su carne palidísima rutilaba bañada por la luz plateada y lluviosa que se colaba por la ventana. El talle y las caderas estrechos, el torso ligeramente más ancho, no mucho más. Piernas y muslos largos. Los vellos del pubis negros y escasos. Los brazos delgados. La cara femenina, boca pequeña y roja, ojos azules y distraídos. Mis pupilas descendieron a su sexo. Era largo y se erguía perezosamente, los huevos recogidos, uno más inflamado que otro. Llevó una mano a los cojones y se rascó con ahínco. Los franceses tienen una manera elegante de ser groseros, como es esa de sobarse el pito con insistencia. Me dije que si los hombres poseyeran senos serían perfectos. Quise salir huyendo, cualquiera que lo hubiese visto en aquella posición desmadejada le habría definido como un adolescente estrenándose en el sexo, y yo no estaba para enredarme con un guacarnaco inmaduro e inexperto, a quien gozar del patrimonio de una abuela polaca le había facilitado la vida, juzgué a la ligera.

—Soy camarero... —susurró, besándome en los labios—. Quítate la ropa.

—Prefiero quitármela ahí dentro —señalé al baño—, y si es posible, ducharme antes. Vaya, parece que no me ha abandonado la suerte con los camareros... —solté, haciendo referencia a mis últimas aventuras con los camareros de la gare du Nord.

Con la pinga zaraza y campaneándosele, se dirigió a una gaveta y sacó una toalla limpia, me la alargó y me dio las instrucciones para que usara el agua caliente, el desodorante; una crema del cuerpo a medio usar (yo adiviné que pertenecía a una relación íntima).

—Podrás quedarte un tiempo. ¡Ah, sí, la leche suavizadora! Es de una amiga que entra y sale, ella es bastante *cool* —aseguró mientras señalaba a la crema; el agua caliente me hizo recordar que yo tenía un cuerpo digno de ser mimado.

Salí del baño extenuada. Él leía una revista sobre cámaras de vídeo. La blancura extrema de su cuerpo me dio fobia. Sentí frío y me introduje debajo del edredón gastado. Cerré los ojos con fuerza hasta ver círculos de colores. Soñé.

Ilam me recibía en su casa; pero no en su verdadera casa, sino en El Templete, donde se hallaban los frescos de Jean-Baptiste Vermeer. La luz cegadora del sol nos invitaba a salir a la terraza que daba a la plaza de Armas. Ilam conversaba con un amigo de adolescencia mientras seguía mis consejos de sembrar cien orquídeas en latas cuyo plateado refulgía, agujereadas por los rayos incandescentes. Ilam me contagiaba de su embullo de correr por los alrededores de la plaza de Armas.

—¡Mira qué bonito está el parque, la estatua de Céspedes luce estupenda así, acabada de fregar con arena! ¿Por qué no te calzas los tenis y te vas a correr con Emma?

Emma emergía del interior de la húmeda y salitrosa sala, traía en sus manos mi par de tenis, rotos y vueltos a zurcir, los veintúnicos zapatos que tuve para ir a la escuela. Ella también llevaba puestos sus tenis, embetunados de leche magnesia. La calle brillaba de cristales, vidrios con las puntas peligrosamente puntiagudas hacia arriba. Corrimos, y los trozos rompían las suelas de goma y se clavaban en nuestros pies. Quería detenerme y una fuerza mayor lo impedía. Ilam voceaba delante de nosotras:

—¡Apúrense, avancen!

—¡No, coño, no, no puedo! ¡Me estoy hiriendo los pies! —exclamé.

—¡Vamos, éste el precio que debemos pagar por retornar al país! ¡Éste es el sacrificio! —Reinaba una melodía de violines distantes.

En la esquina, hacia la pielera de la cama, se sentó una mujer muy hermosa, piel negra, un pañuelo azul a la cabeza, cuando se viró hacia mí, quiso decirme una frase y desperté en pleno delirio, era de noche, y dentro de la *mansarde* reinaba la oscuridad. Una mano estrellada se posó en mi pecho, intentaba calmar mis sollozos. Sylvain la retiró, asustado de mi repentino alarido.

SU AMIGA

Se abrió la puerta y entró Marie. Ya Sylvain me había hablado de ella, veintiocho años, bella, una rareza, inteligente y decidida. Acababa de regresar de un periplo por Haití y Santo Domingo. Llevaba el pelo teñido de rojo y el cerquillo cortado a rente, las cejas azules, los labios pintados de morado, atravesados por aros. La frente ancha. Un diminuto diamante en la nariz. Vestía una falda y una chaqueta de jeans, medias de rejillas caladas, zapatos puntiagudos al estilo veneciano. Sabía que yo me hallaba en el cuarto, pero fingió ignorarlo. Encendió un cigarrillo, puso música tecno en la *hi-fi*, y comenzó a desvestirse casi en la entrada. Sus tetas eran más bonitas que las mías, aunque me erizó descubrirle los pezones pinchados por otros dos piercings. Un alfiler clausuraba su ombligo. Las prendas fueron cayendo al suelo... Los pelos del pubis hacían juego con el color de las cejas; se había afeitado, una raya índigo abría sendero hacia la ranura escarlata. Las nalgas firmes, los muslos estrechos, los tobillos rectos. Empezó a canturrear y a llamar a Sylvain:

—*Syl, mon chaton...* —simuló no estar al corriente de su ausencia.

Caminé en puntillas y me deslicé a esconderme al baño. Marie apareció en el cuarto, olfateó, dudó... Yo podía verla por el resquicio de la puerta. Entró al baño, pero ya yo había conseguido subir al techo y escurrirme por una claraboya hacia el tejado de zinc. Acurrucada, me agarraba de un tabique para no derrumbarme al precipicio. Marie sacó la cabeza al exterior, sus senos aparecieron y reposaron en el canto filoso del cristal de la claraboya, temí que se cortara.

—No huyas, él ya me habló de ti —y alargó su brazo para atraerme hacia el interior. Su mano tibia y suave despejó en mí la desconfianza.

—Sylvain no está, no sé por dónde andará... —encogí los hombros.

—Ahora viene, nos hemos cruzado en el camino... —Marie continuaba desnuda—. Así que olvidaste todo de tu pasado, debe de ser extraordinario eso de no saber nada de una misma.

Moví la cabeza en señal de que a veces me sentía conforme, y en otras, desesperada; en resumen, que me sentía verdaderamente mal, incómoda, desraizada, como arrancada de un tirón y lanzada al vacío, aun sin caer, planeando en un abismo infinito.

—Te ves más normal de lo que suponía, has tenido suerte. ¿Por qué no has querido ver a un médico? —indagó, reclinada en el sofá con la piel erizada.

—No tengo papeles, mucho menos seguridad social... Tampoco deseo beneficiarme de ninguna ayuda estatal... Sylvain insistió en que me instalara aquí, pero esta situación no deberá durar mucho... Deseo irme a otro país a probar suerte, o regresar a mi banco en el parque, extraño mi banco.

—Te entiendo... Por mí no te preocupes, Sylvain y yo somos amigos desde hace mucho tiempo, desde la escuela maternal. Nos acostamos y eso, nada más... después, cada uno por su lado, aunque siempre apoyándonos. Una vez creí que era el hombre de mi vida. Y al día siguiente, en el metro, encontré a otro a quien también creí el hombre de mi vida; luego, días más tarde, mientras investigaba en la biblioteca, entablé conversación con un tercero con quien experimenté el mayor de los flechazos, y así, no he parado de tropezarme con hombres a los que siempre he pensado que poseen el don de ser «el hombre de mi vida»... O estoy muy confundida, o para las francesas el hombre de la vida puede resultar ser cualquiera, mientras haya hombres, ilusiones y vida... Por lo pronto, puedo ser tu amiga.

Marie era simpática, un cascabel, incluso se mostró más amable que celosa. Acababa de terminar su primer cortometraje como realizadora, justamente en Haití y en República Dominicana. Yo hacía un mes que vivía con Sylvain, pero siempre que se me aproximaba con ánimos de hacer el amor me quedaba dormida en el acto, la somnolencia era más fuerte que yo, no podía evitarla. La estatura sentimental de Sylvain competía con el efecto del meprobamato. La sola idea de tener que emprender el acto sexual con él me desmoronaba de apatía. Sylvain se retiraba modosito, comprensivo, lo achacaba a mi estado mental de salud. Era bondadoso, no tenía nada de tacaño, incluso compraba buenos quesos, y me invitaba con frecuencia al cine y a los cafés. Invariablemente, me obligaba a leer los periódicos con la esperanza de que al ponerme en contacto con la realidad conseguiría refrescar mi memoria; así argumentaba él, y se autoanimaba. Pero mientras más yo leía las informaciones, más enredillo se armaba en mi mente. Aquellos titulares en negro impresos en papel blanco nada tenían que ver con la verdadera vida. Tampoco aquel señor vestido impecablemente elegante que todos los días sonreía, aun mientras daba las noticias más horrorosas, en el telediario, daba la impresión de no comentar el sufrimiento real de las personas.

Marie estudiaba mis movimientos con los párpados gachos, la mirada perdida dentro de sí. De súbito, se levantó, caminó y se colocó frente a mí, tan cercana que pude oler el perfume a higos en su cuerpo.

—Hueles rico... —musité, perturbada.

—*Parfum à la figue* —respondió mientras sus dedos jugueteaban graciosamente con los mechones de mi cabello.

Fue ella quien me atrajo y me besó en los labios. Tenía la boca ardiente y los piercings hincaban, aunque quedé inmóvil dejándome hacer.

—Dame tu lengua —susurró, y yo obedecí.

Los aros metálicos en sus pezones me molestaron menos. Me calentó mucho besar sus senos, y que ella también lo hiciera con los míos. Bajó a mi sexo y su lengua hizo estragos en mi clítoris, instintivamente también yo lamí entre sus muslos. Extraño, empecé a amar a Marie al instante y presentí que también ella a mí. Sylvain llegó para complicarlo todo con comentarios sosos de hombre mundano, cuando todavía nos mirábamos sonrientes, el placer consumado, acostadas encima de la alfombra de la sala; colocó los sacos plásticos del Monoprix encima de la mesa.

—Sabía que esto iría a pasar, no lo dudé ni un minuto.

—¿No habrá sido entonces que me has enviado antes para darnos tiempo a conocernos mejor? ¿Lo habías calculado todo? —preguntó irónica su amiga.

—No, Marie, te lo juro, soy inocente.

Al rato, ellos se pusieron a besarse, estuve espiándolos. A los parisinos les encanta matearse delante de los demás. Sylvain se desnudó, y ahí no pude continuar con mi actitud indiferente de *voyeuse*, me rindió el sueño.

Fue la segunda vez que la negra bonita se sentó de espaldas a mí, entonces volteó su rostro lentamente y pronunció:

—Ilam vive.

Desperté en el momento en que me erguí para alcanzarla. Sylvain leía *Esperando a Godot* en la cama, solamente cubierto con el calzoncillo, Marie cocinaba un quiche, o sea, una tarta rellena de huevos en revoltillo y acelgas. Olía muy fuerte a comida y me entraron arqueadas, retortijones y ganas de arrojar. Marie se había vestido con un pulóver inmenso de Sylvain, no llevaba nada debajo.

—Samuel Beckett —dije.

Ambos se volvieron hacia mí, sorprendidos. Sylvain agitó inquieto el libro en la mano:

—¿Has leído a Beckett?

Asentí.

—¿Ese libro en particular, te dice algo, recuerdas su contenido? —Marie no pestañeaba.

—Es mi libro preferido, lo leía una vez por mes. La película preferida de Ilam era *El Muro...* juntos la vimos más de cien veces.

Y ahí empecé a llorar. El pecho subía y bajaba en diseñado frenetismo. Marie me alcanzó un vaso con agua.

Sylvan saltó de la cama y reposó emocionado su cabeza en mi vientre. Ellos también lloraban. Hasta que me dio risa verlos tan compungidos por mi causa y los contagié con mi carcajada. Los tres nos revolcamos divertidos y mocosos.

RELECTURA DE BECKETT
—

yo llevaba el libro escondido bajo la blusa sudaba mucho ilam insistía en que no tuviera miedo que no iría a suceder nada perjudicial cruzamos la calle y al acercarnos a la reja el policía nos apuntó con la metralleta ilam dijo que íbamos a visitar al hijo del embajador que era nuestro compañero de clase y esa tarde estaba previsto que estudiásemos química los tres juntos a mí no me han advertido contestó amenazador el guardia pregunte usted arremetió ilam pregunte a su jefe llame por el intercomunicador a mauro ya verá como tenemos razón mauro en persona nos abrió la reja dejó estupefacto al policía mauro en persona empujó violentamente la puerta de la oficina de su padre mauro en persona le anunció que iríamos a pedir asilo político mauro no hagas locuras mira que éstos son dos vagos habituales no vengas a ponerme en esta estúpida y comprometedora situación mauro le gritó cobarde no eres más que un cobarde comunista y el padre bajó la cabeza avergonzado bueno hijo haré lo que pueda en eso entró un comando liderado por el padre y el tío de indiana de la vigilancia y asesinaron a tres jóvenes en espera de asilo político salvamos el pellejo de milagro tu verás murmuró ilam dentro de unos días esta-

remos en europa pero las negociaciones fueron demasiado largas duraron seis meses hasta que nos dijeron
que saldríamos hacia europa pero en lugar de un país
pacífico el avión particular de un señor adinerado nos
dejó en la bruma de un país fronterizo en guerra ilam
volvió a musitar que no temblara tanto que no pasaría
absolutamente nada no tiemblo de miedo ilam tirito de
frío respondí mientras observaba allá enfrente una cerca
de púas en medio de una montaña nevada y nos pusimos
a caminar con aquellas botas pesadas y aquellos abrigos
inmensos que nos habían regalado los funcionarios de la
embajada europea antes de irnos mauro nos abrazó muy
fuerte mauro se había convertido como en un hermano
para nosotros fue quien nos sacó escondidos en el maletero del auto de su madre hasta llegar al aeropuerto
ahora mauro había quedado muy lejos y ahí en medio
de aquellas montañas de nieve nadie vendría en nuestra
ayuda ilam me dijo tú no te puedes ni imaginar lo que
anoche soñé que viajábamos de francia a córcega nos
íbamos por primera vez de vacaciones y tú me pregunta-
bas sobre las islas y yo te decía que una isla es un concepto y me ponía a filosofar y hablar cáscaras de plátano,
montón de caca ¿en qué acabó? ¿el qué? ¡el sueño! exclamé malhumorada no sé ¡ah sí! en que yo me perdía
terminaba en que me perdía definitivamente apreté debajo de mi abrigo el libro que había conseguido sacar de
mi país como único tesoro de mi pasado *en attendant godot* ¿sabes qué me gustaría hacer ahora? preguntó ilam y
respondió de inmediato primero comer caliente luego
ver *el muro* ¡qué película! ¿qué más muro que ese que tenemos enfrente chico? vociferé sin pensarlo indiqué allá
a un temporal de nieve que se nos venía encima sólo nos

alcanzó el tiempo para cobijarnos en una angostura del suelo y esperar me cagué veinte mil veces en el coño de la madre de aquellos diplomáticos me cago en el corazón del destino repetía constantemente cuando cesó la tormenta de nieve habíamos quedado enterrados pero con las manos cogidas lo que nos salvó fue el hecho de mantener las manos agarradas pues juntos pudimos abrir un túnel y por ahí surgir a la intemperie soñé despierta que escribía una novela donde la protagonista se llamaba canela y el protagonista juan eran bailarines peter el marido de la protagonista era fotógrafo y asesino y editor de bestsellers nos moriremos ilam cállate chica aquí nadie se va a morir menos ahora e ilam se ponía a cantar y cantando avanzamos no sé cuántos kilómetros hasta una choza donde unos campesinos nos recogieron ya exhaustos bebí aquel caldo caliente con gusto a cebolla hervida mientras intentaba agradecer apenas sin poder emitir sonido pues tenía la boca llagada hasta la garganta murmuré gracias a aquellos ojos melancólicos que nos estudiaban compasivos una mujer un hombre dos niños una abuela al rato nos acostamos al calor de la leña encima de calientes lechos de paja tapados con viejos pero limpios edredones y nos dormimos afiebrados hasta la primavera una mañana supimos que habíamos estado muy enfermos el resto del invierno delirábamos y con fiebres altísimas nos enteramos porque nos visitó un señor que chapurreaba nuestro idioma después ellos conversaron en aquel lenguaje que no conocíamos se mostraban nerviosos visiblemente preocupados los niños lloraban en los rincones a la anciana no la vimos por ninguna parte hasta que decidimos salir al exterior y en medio de un jardín florecido divisamos una cruz de madera antes de irse el amigo de la casa nos dijo que era peligroso quedarse allí que de hecho todos tendríamos que cruzar la frontera ilam me abrazó no entendíamos ni papa habrá guerra seguro repetía el amigo de la familia y su figura se perdió entre la hierba alta nos dispusimos a ayudar a la familia a colocar sus pertenencias en un carretón para emigrar y en eso oímos varios disparos nos apresuramos pero los niños lloraban muy alto y comenzamos a recoger bultos desesperadamente hasta que la señora nos detuvo y cuando íbamos a emprender la marcha llegaron unos seis o siete hombres armados el padre se interpuso entre ellos y su mujer los niños detrás de ella nosotros estábamos dentro de la casa cada uno con una silla en la mano pero el jefe disparó al pecho del padre luego al pecho de la mujer y en seguida a las cabezas de los chicos ilam y yo soltamos las sillas y corrimos cogimos por la parte trasera de la choza y nos internamos en la selva nunca habíamos corrido tanto los hombres nos perseguían nos pisaban los talones cuando empezó el bombardeo ante nosotros se abrió un sendero que desembocó en una carretera un camión nos recogió y nos abandonó en la ciudad bombardeada repleta de cadáveres regados por doquier montañas de seres humanos mutilados ilam y yo estábamos solos avanzábamos por un campo de piltrafas con los rostros tiznados yo había perdido mi libro se había quedado en la casa ilam no hizo caso a mi comentario y me avisó que iría a dar un rodeo que esperara tranquilamente a su regreso entonces ilam corrió hacia un edificio en donde algunos minutos después cayó una bomba y lo redujo a escombros ilam ilam ilam ilam ilam ilam vociferé hasta quebrar mi pobre voz hurgué entre las piedras ilam perdido lloré durante días y días enterrada en un hueco hasta que me desmayé reviví en un campamento en la frontera con no sé qué país cuál es su nombre no sé de dónde viene no sé no sabía nada no hablaba había enmudecido jodida la memoria me montaron en un camión junto a otros refugiados después de darnos de comer nos empujaron nos maltrataron me dormí en el suelo el batuqueo provocado por las ruedas del camión contra las pedregosas carreteras cesó y desperté nos detuvimos en una zona donde los campos estaban bien cuidados las vacas pastaban y enfrente había una cafetería donde todo brillaba de autos que me parecieron lujosísimos descendían veraneantes para merendar o beber un café no fue fácil salir pitando cruzar aquella doble carretera los autos pasaban muy veloces y luego esconderme en el baño de la cafetería de enfrente aparentemente nadie en el camión se percató de mi ausencia nunca supe si me estuvieron buscando o no entonces a la mañana siguiente me zarandeó el señor que limpiaba los baños gritó en mi oído *dégage!* es cierto que yo tenía una pinta de mal elemento y de pordiosera que daba miedo huí del baño porque el tipo también daba pavor empuñaba en contra mía el haragán de limpiar el piso salí coja pues me dolía una herida en un pie que sangraba abundantemente en eso la vendedora de la quincallería reparó en mí parece que le di lástima me llamó y una vez cerca de ella me dio alcohol y vendajes también me invitó a un café yo no podía hablar no me salía una maldita palabra ella creyó que para colmo yo era muda y me dejó descansar durante dos días escondida detrás del mostrador alimentándome con jugos leche paninis venecianos y cafés hasta que apareció un conocido de ella un tal raoul llévatela a parís pidió necesita un hospital así ocurrió raoul me dejó en las urgencias del hôtel dieu me pusieron en uno de los cuartos con lavamanos solamente sin taza de inodoro ni ducha el váter se hallaba afuera en medio de un corredor cundido de policías muy sucio repleto de mierda hasta los bordes un asco me clavaron veintiún sueros que me dormían y me dejaban aturdida y no pararon de sacarme sangre de hacerme análisis pinchazos tras pinchazos para analizar mi turbia y negra sangre hasta que mejoré y como nadie sabía de dónde carajo yo venía ni adónde coño me dirigía me declararon indigente y me enviaron a un *foyer* o albergue para refugiados muy cerca de la place de la contrescarpe allí tampoco existía la noción del aseo iba todos los días a bañarme a una piscina cercana y me enternecía mientras observaba a las madres que jugaban con sus criaturas y con los viejos que se masturbaban imperturbables en las duchas hasta que una madrugada mientras deambulaba por la ciudad descubrí ese parque frente a la sena desde donde podía divisar una bellísima y refulgente escultura blanca ¿un cisne o una paloma? una paloma

SILENCIO, SUSPIRA... ¿Y TÚ?

—

Una tarde nos confirman que una persona muy amada va a morir, entonces ya no la observarás igual, ni le hablarás igual. Mirarás como deseando retener eternamente su imagen, escucharás su voz, su risa, y no conseguirás borrar jamás ese primer dolor que invalida de un golpe tus latidos. Ilam dormía y tuve miedo de verlo tan plácido, rostro angelical, entonces coloqué mis dedos debajo de su nariz para comprobar que respiraba. Salí del cuarto intentado no hacer el menor ruido, pero Ilam se despertó:

—¿Qué hacías?

—Nada, nada, sigue en tus sueños.

—Creíste que había muerto, ¿no?

—No, no...

—Sí...

Esa tarde mientras también yo echaba la siesta, inhabitual en mí, percibí que mi cama se hundía por un lado. No puedo precisar si conseguí abrir los ojos, o si aún los mantenía cerrados. Ella, la negra hermosa con pañuelo a la cabeza, ocultaba la parte frontal de su cuerpo, se volteó hacia mí y auguró:

—Ilam no morirá.

—Sí, no lo niegues, estabas asegurándote de que yo respiraba normalmente. —Ilam se incorporó, torso desnudo, pelo revuelto, pupilas turbulentas—. ¿Nos vamos al cine?

Vimos una película de la que no recuerdo ninguna historia clara, sólo conservo sensaciones difusas, aunque emociones tan hondas que hoy al evocar las imágenes parciales se me eriza la piel. Al salir del cine caminamos con rumbo incierto, Ilam gesticulaba locuaz, no cesaba de contar proyectos, de delirar inventándose un viaje a la India, por aquel entonces leíamos *Los viajes de Marco Polo*. Penetramos en una cafetería al aire libre, frente al mar.

—Cuando me despertaste estaba en medio de la pesadilla de que me encontraba en una guerra, y que me mataban.

—Dicen que soñar con su propia muerte presagia larga vida —respondí, tranquilizadora.

Hubo un largo silencio, ah, los ojos humedecidos de Ilam extraviados en el horizonte, tuve la sensación de que olvidaba mi presencia.

—Yo también soñé. Que era muy pobre, vivía en una ciudad extraña, pasaba frío, hambre, humillaciones. Después, después... ¡ja, ja, ja, já, soñé que hacía el amor con un tipo transparente, y que me enamoraba de ella, de esa chica, de Marie!

—Todas esas pesadillas absurdas, ¡qué barbaridad! Ocurren porque vivimos acorralados —Ilam volvió a darse cuenta de que yo existía y pronunció esas frases con extrema lentitud.

—No son sólo pesadillas. ¿Los sueños pueden ser premonitorios, pueden llegar a ser verdaderos, o sea, pudieran llegar a tener una manifestación real?

—¿No has leído a Freud?

—Empecé y no me interesó. Luego volví a sus libros, leí de cabo a rabo y no me dice absolutamente nada.

—Más bien pienso que la realidad puede ser soñada, ¿podríamos, en lugar de vivir, soñar la realidad? Me siento perdido y ofendido.

—¿Perdido de dónde? ¿Ofendido por qué?

—Precisamente, perdido de ninguna parte, ni de mí mismo. La ofensa, por el contrario, proviene de mí mismo, ofendido de oírme y de no entender ni un comino de lo que me repito en letanía. Ofendido por lo que sucede en este país. Una cochinada, todo es una cochinada. ¿Qué se puede esperar de la dictadura más larga del mundo?

Bebimos té amargo y helado —lo único que vendían— en la misma cafetería ruidosa. Media hora después, pagamos y nos largamos hartos de observar tanto derroche de folclor a nuestro alrededor. Paseamos por el cinturón de cemento y asfalto que bordeaba el mar. Quisimos sentarnos en el muro, pero quemaba los muslos, recalentada la piedra por el sol; sin embargo, disfrutábamos de la agradable brisa caliente. Lo que más me gustaba en la vida era caminar junto a Ilam, chocar hombro contra hombro. Lo observé de reojo; guardábamos tan insólito parecido que cuando él discutía elocuente, o se marchaba enojado, o hacía cualquier gesto, era como si yo estuviera discutiendo también elocuente, hacía además de marcharme también enojada, y él me mirara también bravísimo, y decía que reflexionaba en nuestra extraña semejanza.

El policía nos seguía a una proximidad alarmante, podía oír nuestra conversación. El primer síntoma de su presencia lo tuve porque me entró escozor en la nuca, me rasqué, en seguida volteé mi cabeza y ahí estaba él, casi nos arañaba los talones, la oreja parada, un tic nervioso levantaba persistente su labio superior. La primera reacción fue enlazar la mano de Ilam, que sudaba a chorros. Ilam balbuceó con los labios casi inmóviles que no me detuviera, que cualquier cosa que sucediera mantuviera la ecuanimidad.

—Ciudadanos, deténganse ahí de inmediato —ordenó la voz engolada del policía vestido de civil.

Extrajo del bolsillo la identificación, leímos: «Tropas especiales.» Mi corazón empezó a latir desenfrenadamente, quería salírseme por la boca.

—Encantado, me llamo Rassetti. No suelo ser tan amable, más bien desagradable, jamás muestro mi documentación a nadie. Pero los he perseguido porque ustedes resultan interesantes, sólo esa razón me animó, es curioso lo que les diré, pero me dije así, de súbito, que ambos tienen caras de problemáticos. Estoy casi seguro de que todavía a nadie se le ha ocurrido abrirles un expediente, pero en breve lo haremos. Tiempo al tiempo. Probable que sea yo mismo quien se encargue de ficharlos... —Escupió contra la acera, viró la espalda y se marchó en pisada militar.

La mano de mi amigo soltó la mía. Nervioso, la pasó por la frente y cortó las gotas cristalinas de sudor con la firmeza de los dedos.

—¿Sucede algo que no me hayas contado? —pregunté.

—Por un momento dudé si el tipo sabía, o sea, si había reparado en esto... —abrió la camisa, dentro escondía un fajo de papeles amarillentos—. Cartas, son cartas y documentos envueltos en viejos periódicos, de un amigo encarcelado que quiere las haga llegar a una embajada, para que a su vez ellos las hagan llegar a sus familiares en el extranjero, y las publiquen.

No pude reprimir un gesto de sorpresa. Ilam nunca me había hablado de que anduviera en líos de conspiraciones; en pocas ocasiones hablábamos de política, estábamos de acuerdo en que vivíamos una realidad insoportable, pero éramos conscientes del peligro que acarreaba mencionar estados de opinión bajo techo, entonces nos hablábamos por señas, imitábamos el lenguaje de gestos de los sordomudos, de este modo evitábamos o, al menos, no facilitábamos que nuestras voces fueran grabadas.

Avanzamos callados y miedosos. Ilam suspiró, el sol nos deprimía. No pregunté por qué resollaba de aquel modo, no deseaba fastidiar siendo indiscreta, pero sospeché que mi amigo no me decía toda la verdad. De buenas a primeras, volvió a tomarme la mano, se viró hacia mí y acarició mi cachete con la izquierda. Lo que más me gustaba en la vida era caminar junto a Ilam, enlazados. Es el único deseo que anhelo otra vez me conceda Dios. Aunque sólo fuera durante un breve minuto.

—¿Conozco a ese hombre que está preso?

—No, ni siquiera lo has visto de casualidad. Pero debo ayudarle, sin excusa ni pretexto. —Entrecerró los ojos e indagó en el horizonte.

—Cuenta conmigo para lo que sea —murmuré sólo por vicio de serle fiel.

Ilam me atrajo hacia él, pasó el brazo derecho por encima de mis hombros, con el izquierdo me enlazó por la cintura. En ese instante pensé que jamás abandonaría a Ilam, mucho menos le dejaría ir. Ahí, abrazados frente al mar, supe que lo amaba como a nadie en el mundo. Mi garganta se trancó en un nudo, presentí que iniciábamos una etapa peligrosa en nuestras vidas; sí, al punto necesité involucrarme en cualquier percance por el que él estuviese obligado a pasar. Nunca dejaré solo a Ilam, me dije, nunca. Ni en la peor de las aventuras.

—De nuevo pensamientos nefastos cruzan tu cabeza —se burló mi amigo y adoptó con la voz el tono falso de las malas telenovelas.

—No es nada. Es que... ¡me gustaría tanto que hiciéramos un viaje! —exclamé casi en un sollozo.

—Lo haremos, algún día, ya lo verás. Un viaje muy hermoso.

El refulgente sol desapareció detrás de un nubarrón. Allá, en la distancia, una cortina de lluvia sombría presagiaba su advenimiento sobre la ciudad.

—Debemos regresar; si no nos apuramos, pronto nos empaparemos —me guió mientras cogía en dirección contraria el mismo camino que nos había llevado hasta allí, por el muro del Malecón.

Terminamos el día bebiendo otra vez té amargo y helado en la cafetería barullera. Varias adolescentes besuqueaban a marineros griegos. El puerto se hallaba a pocos pasos, sin embargo, no divisamos ningún barco anclado proveniente de Grecia. Las adolescentes empezaron a bailotear al ritmo de una antigua y ronca victrola, semejantes a siluetas chinescas surgidas de un cuento asiático que trepaban la descascarada pared.

MARIE, ALUCINACIÓN EN MI BANCO DEL PARQUE

A Marie se le metió entre ceja y ceja que yo debía curarme, y que la mejor manera era, ahora que la guerra se había acabado, volver conmigo a los sitios bombardeados para cerciorarnos de que Ilam no estaba muerto, pues ella intuía un mensaje; una corazonada muy fuerte le decía que mi amigo vivía. Sylvain opinó que aquello era francamente una locura, otra más de Marie, pero no protestó una segunda vez ante la demanda de la chica de que él estaba obligado a acompañarnos. Sylvain guardó silencio, ambas nos apretamos a su cuerpo. Advertí que los tres nos queríamos mucho, con presumida madurez.

Mientras Marie organizaba los preparativos para el viaje, decidí ir al parque a despedirme de mi banco. Los árboles habían florecido, el sol calentaba. Mi banco se beneficiaba de la espesa sombra de la frondosa copa de un tronco extraño. Y sentada en mi banco descubrí a Marina, la señora canosa, todavía discutía con Jean, que por fin supe no era Juan. Y la niña que jugaba distanciada de ellos.

—Tendremos que aclarar esto en un juzgado, y si usted sigue renuente, conseguiré las firmas necesarias, así tenga que mover cielo y tierra. ¡Pero esta niña me pertenece! —vociferó Jean, fuera de sí.

—Por Dios, hombre, confíe en mí, deme tiempo... —suplicó Marina, anegada en llanto—. No puedo traicionar la memoria de mi hija, ni la de mi esposo...

—No era su hija, era mi hija —subrayó Jean—. ¡Su esposo, ese asesino, ladrón de niños, que se carbonice en el infierno!

Jean y Marina se expresaban en castellano. Alicia, la hija de Jean y criada por Marina, había fallecido de una epidemia. Marina heredó el cuidado de la nieta; luego su esposo, antes de suicidarse, le contó la verdad. Alicia no había sido adoptada legalmente, Alicia era una de las criaturas robadas a una de las víctimas de la dictadura argentina. Por más que Marina rogó, no obtuvo de los labios de su marido el nombre de la joven, sólo consiguió arrancarle de uno de los puños cerrados un vánite, en cuyo interior halló dos fotos: una de Fabiola y otra de Jean, los padres verdaderos de Alicia. Los abuelos de la niña que correteaba ahora en el parque.

—Entonces fue cuando leí su anuncio en los periódicos. Vine hace cuatro años a París con ella —señaló a la pequeña—. Pero no me atrevía a llamarle... —contó Marina aquella primera vez en que oí su voz.

Jean se había enamorado de Fabiola en París. Viajaron a Buenos Aires, ciudad natal de Fabiola. Jean había nacido veinticinco años atrás en París. A los cuatro meses de vivir en Sudamérica, Fabiola le confesó dos noticias muy importantes: desde hacía algún tiempo pertenecía, junto a su hermano, a un grupo de revolucionarios, y lo otro, que estaba embarazada, y que la criatura era suya. Jean saltó de euforia más por lo segundo que por lo primero. Fabiola lo enlazó por la cintura. En ese instante, Jean pensó que jamás abandonaría a su mujer, mucho menos la dejaría ir. Ahí, abrazados frente al mar, supo que la amaba más que a nada en el mundo. Su garganta se trancó en un nudo, presintió que iniciaban una etapa peligrosa en sus vidas. Sí, al punto necesitó comprometerse con todo, compartir con ella absolutamente todo, sufrir unidos cualquier percance por el que ella tuviera que pasar. Nunca dejaré sola a Fabiola, se dijo, nunca. Ni en la peor de las aventuras. Y dispusieron los preparativos para la boda.

Fabiola había sido capturada por los militares cuando contaba ocho meses y medio de embarazo, en pleno día, mientras Jean reparaba autos en el taller de mecánicos. Jean nunca más supo de su mujer ni de su hijo, si es que lo había tenido; Jean presentía que sí, que el nacimiento había tenido lugar. El hombre regresó a París lleno de rabia. Luego pasó el tiempo y se casó, tuvo tres hijos, pero nunca perdió la esperanza, y continuó luchando por condenar la desaparición de dos de sus seres queridos. Imagino que una noche, al llegar a su casa, agotado de la oficina, su mujer le anunció que una tal Marina lo había telefoneado y aseguraba que poseía datos importantes sobre Fabiola. La llamó y se dieron cita para el mediodía siguiente.

Jean se sentó junto a ella en el banco. No en mi banco, como ahora. En otro banco muy próximo al mío. Marina le entregó el camafeo de Fabiola, señaló a Gloria, la hija de Alicia, o sea, a su nieta.

—Alicia murió hace cinco años. Parió muy joven, y su padre y yo... perdone, mi marido y yo la dejamos que hiciera lo que quisiera. Era una mujer maravillosa, muy estudiosa. Lamento que usted, su padre, no la haya conocido.

Llegó un momento de tan aterradora confusión emocional que Jean no aceptó la verdad tan fácilmente, a pesar de poseer las fotos y del vánite de Fabiola, pese a que la niña era el vivo retrato de su abuela real. Marina accedió a hacer las pruebas genéticas a Gloria con la esperanza de que Jean se conformara sólo con poseer la constatación, hasta ahí creyó que jamás le interesaría recuperarla, pero de esa forma pudieron confirmar de que sin duda era nieta de Jean. Desgraciadamente para Marina, como ya ella sabía. Entonces Jean pidió recuperar a Gloria, pero Marina protestó, enérgica. Y así continuaron los encuentros en el parque y las discusiones en las que no había modo de ponerse de acuerdo...

—Escúcheme bien, Marina, perdí a mi mujer y a mi hija, no estoy dispuesto a perder además a mi nieta —sentenció Jean, y partió, no sin antes detenerse ante la imagen de Gloria, risueña, descolgada del columpio.

Caminé detrás de él, hasta que se esfumó en la luz opalina, al doblar una esquina hacia una callejuela del Marais. Por esa misma esquina emergió Marie, mejillas encendidas, pelo revuelto, ojos húmedos.

—¿Adónde vas? —pregunté, reteniéndola por el brazo, ni siquiera me había visto.

—¡Ah, eres tú! Lo siento, no podremos hacer el viaje. Mi abuela se ha puesto muy grave, está moribunda. Debo correr a verla.

—Voy contigo.

—Sylvain vendrá. Bueno, tú también, si lo deseas. Mi abuela me crió, ¿sabes?, luego yo la abandoné, por regresar a París, pero...

—No te culpes —interrumpí—. Cosas de la vida.

Fuimos en auto hasta una de las tiendas Taty, compró un vestido de novia. Su abuela siempre advertía que deseaba morir vestida de novia. ¿Y eso por qué?, pregunté a punto de la carcajada, luego pedí disculpas. Marie se encogió de hombros, no sabía ni pitoche, o prefería evitar el tema. ¡Vaya usted a saber!

—También dijo que quiere la cremación. Y no sé qué hacer, no puedo soportar eso, no puedo oír el sonido de los huesos achicharrándose —Marie golpeó el timón del auto con el puño.

—Cálmate, si es su gusto, pues no creo que debas negárselo... —intentaba restarle importancia.

—Pareciera como si estuviésemos preparados para la muerte, pero cuando se trata de los seres que nos hicieron crecer, que nos enseñaron la vida, no podemos admitirlo... —suspiró Marie.

Recogimos a Sylvain en los bajos de la casa, visiblemente sobrecogido.

—Nunca he visto a una persona agonizante —dijo mientras se acomodaba en el asiento trasero.

—Pues será tu primera vez. —Marie clavaba la vista en línea recta, el labio inferior descolgado en mueca de acritud.

Observaba atenta a Marie y empecé a recobrar fragmentos de mi existencia, aunque desorganizadamente, confusos. Como pestañeos luego de haber sido despertada de un coma anestésico. Como si ella existiera sólo para salvarme.

LA ABUELA

Llegamos al atardecer a un pueblo diminuto, como de juguete, situado en el norte. Unos diez kilómetros fuera del pueblo agonizaba la abuela de Marie, en una casa de piedra rodeada de exuberante vegetación, aunque un poco descuidada. Parqueamos el auto en el porche. Marie poseía llave de la casa, entramos y recibimos en pleno rostro un golpe de penumbra.

—¡Thérese, Thérese! —voceó Marie.

En lo alto de la escalera que daba a las habitaciones asomó el rostro enjuto de Thérese, amiga de la madre de Marie. Thérese bajó los peldaños apresuradamente y abrazó a Marie, hizo lo que pudo por contener el llanto. Confieso que detesto la teatralidad que rodea a la muerte. Marie se mantuvo impasible, aunque no indiferente, los labios y la quijada le temblaban.

—En estos momentos se encuentra muy aturdida, sólo te menciona a ti, te reclama a cada minuto. ¡Ah, mi querida Marie, se nos va Prune! —gesticuló con exageración la delgada señora.

Casi me parto de la risa, ¿adónde se iba la ciruela? Nombre y frase de la Francia profunda, me dije.

Marie pidió que esperáramos en el salón. Vi perderse

sus piernas enfundadas en medias de rejillas y me invadió el deseo de seguir detrás de ella, de alcanzarla, de no permitir que enfrentara en soledad los estertores de la muerte. Al poco rato, Marie nos llamó. Sylvain se puso más pálido que nunca.

—No me gusta ni un poquito estar cerca de los enfermos —musitó.

El cuerpo de Prune se asemejaba a un pliegue más abultado que los otros en la sábana de lana. Pese a que Thérese abrió las cortinas de las ventanas a la demanda de la anciana, la habitación pareció continuar pobremente iluminada debido a la cantidad de muebles y tarecos —o sea, bibelots, lámparas, jarrones y cuadros que representaban oscuros paisajes— de colección que inundaban la pieza. La humedad me cubrió la piel de un moho fino y transparente.

Marie, sentada en el borde de la cama, acariciaba la esquelética mano. Me asustó la mirada de Prune, sumida más allá del techo, los ojos tan desmesurados, abiertos hacia la inmensidad del olvido. La vida se resume a memoria y olvido.

—Perdonen, no puedo soportarlo sola, ella me crió... Siempre creí que estaba preparada para el final, pues no... —Marie se había incorporado de la cama y susurró estas palabras mientras exhalaba un aliento gélido encima de nosotros.

—Marie, ¿quién está ahí, con quién has venido? —la débil voz de Prune sonó igual que el ronquido de un recién nacido.

—Son dos amigos, abuela. Ella es Eva... —y señaló hacia mí—. Y Sylvain Zinsky, ¿recuerdas?

—¿Cómo no? —musitó Prune—. ¿Cómo puedo olvidar al pequeño Zinsky? El vivo retrato de su abuelo... —Y se le humedecieron los ojos vidriosos.

Percibí que Prune se emocionaba muy hondo al evocar al abuelo de Sylvain. Éste bajó la cabeza, luego desvió sus ojos hacia la ventana, fingió que observaba el banal paisaje del verdor del jardín y de las, un poco más lejanas, lomas brumosas. Dos lágrimas rodaron por las mejillas de Marie e instintivamente se limpió con el dorso de la mano.

—No llores, mi Marie, no me duele nada, sólo me siento más cansada que lo habitual. Como si tuviese mucho sueño... —Hizo una pausa—. Di a madame Zinsky que la he perdonado.

Cerró los párpados y dejó de existir.

Sylvain abandonó la habitación precipitadamente. Marie no necesitó alzar la voz para llamar a Thérese, ella esperaba no lejos de allí, en el umbral, y acudió para hacer las llamadas necesarias. El médico no tardó, y luego de encerrarse un rato a solas con el cadáver, salió y recomendó a la nieta que vistiera a la difunta con las prendas que ella había deseado. Así lo hicimos, pues yo ayudé a Marie; y al final ella le colocó entre las manos la foto amarillenta de un señor de increíble parecido con Sylvain. Encajé en sus sienes la corona de azahar, que adornaría su pelo en esa consoladora eternidad evocada.

Marie y yo descendimos al salón. Bebimos, ella un té, yo un café. Salimos al jardín. Sylvain no andaba por todo aquello.

—Habrá ido a caminar un poco —respondió Marie sin que yo preguntara nada.

Luego me miró atemorizada, y confirmé que advirtió la curiosidad reflejada en mi rostro, pues se dispuso a aclararme la intriga. Yo hacía ademán de entretenerme con mis pies, que se hundían en la hierba mojada por la lluvia, mientras escuchaba la historia que Marie necesitó contar, más para consolarse ella que para revelar el misterio de la última frase de Prune antes de difuminarse en un halo de soledad.

Había refrescado la temperatura, para un día de agosto no hacía demasiado calor. Marie arrancó un arbusto y lo mordisqueó, así, mientras masticaba el tallo, empezó su historia. Prune había sido la primera novia de Lucien, el abuelo de Sylvain. Lucien fue su único amor. Ruth, la abuela de Sylvain, Prune y Lucien se conocían desde niños. Cuando sobrevino la tragedia que los separó, ellos ya eran unos jovencitos de entre dieciocho y dieciséis años, y —según recalcó Marie— Prune y Lucien se habían hecho novios, lo cual hundió a Ruth en una depresión celosa. Las tres familias deberían haber huido del pueblo antes de la ocupación alemana. En el momento de la fuga, el padre de Ruth propuso que la familia de Prune fuera con ellos, si no cabían todos en la furgoneta, al menos los hijos podrían escapar más rápido. Aprovechando que Prune y sus hermanos demoraban en el trayecto de su casa a la de sus padres, Ruth vio los cielos abiertos, hizo como que venía corriendo del otro lado del camino y regó la noticia de que los padres de Prune se negaban a enviar solos a sus hijos. Entonces le brindaron la oportunidad a la familia de Lucien, quien huyó junto con sus hermanos en la furgoneta del padre de Ruth.

Por otro lado, la familia de Prune fue atrapada y enviada a un campo de concentración, allí perecieron una gran cantidad de niños, entre ellos, dos de los cinco hermanos de la abuela de Marie.

Ruth y Lucien Zinsky contrajeron una relación formal de novios, y en cuanto él consiguió un trabajo digno, se casaron en París. Lucien hizo fortuna asociado con grandes tabacaleros cubanos.

Varios años después de la liberación, ambas familias desearon regresar al pueblo. Prune también volvió, con el alma deshecha, pensaba siempre en aquel primer amor, con la pena de haber perdido a dos de sus seres queridos. Al conocer la noticia de que Ruth y Lucien se habían casado y que se reinstalarían temporalmente en el pueblo, se abatió aún más y quiso desaparecer, huiría a otro país, sin embargo, la retuvo el ansia de encontrar nuevamente a Lucien. Un año después, Prune se convirtió en la amante de Lucien. Ruth se hallaba embarazada del padre de Sylvain, y al conocer la noticia le entró tal arrebato de furia que inventó un chisme a Prune, contó a una amiga común que de seguro le iría con el chisme a Prune de que Lucien había preferido irse él antes que brindarle a ella la posibilidad de salvarse en aquella tarde bochornosa y criminal en que fueron capturados por los alemanes. Prune se largó aquella misma noche a París sin despedirse de Lucien, allí pernoctó con varios hombres después de cantar y bailar en una taberna de medio pelo.

Regresó al pueblo embarazada de la madre de Marie, con ánimos de criarla sin padre. Pero entonces un vecino le propuso matrimonio, pese a las comidillas de pueblo chico, ella accedió sin estar enamorada. Lucien y Prune nunca más se hablaron.

Los padres de Marie eran arqueólogos, desaparecieron en una expedición en el desierto del Sahara. Marie, nacida en París, viajó muy pequeña al pueblo de Prune, la abuela dedicó su vida a la huérfana, hasta que ésta decidió estudiar periodismo en la capital. Pero antes, el nieto de monsieur y madame Zinsky y Marie jugaban a escondidas a sabiendas de que entre sus familias predominaba el rencor. En verdad, Marie nunca estuvo atraída por estudiar en París, partió sencillamente detrás de Sylvain, cuando la familia decidió mudarse definitivamente al Marais. Prune sólo puso los pies en la buhardilla de su nieta cuando monsieur Zinsky falleció en la gran ciudad. La señora asistió al entierro con el mismo vestido de florecillas moradas que llevaba la última vez en que se citó con monsieur Zinsky para hacer el amor, contempló el féretro en silencioso llanto, pero supo guardar las distancias. Trató de escabullirse antes de la ceremonia, pero madame Zinsky la alcanzó y le rogó que la disculpara por haberle destruido la vida. Sólo ahora Prune la perdonaba, apenas cinco segundos antes de dormirse para siempre.

Marie escupió el pedazo de tallo chupeteado y selló sus labios. La silueta de Sylvain a contraluz del tímido sol nos hizo suspirar de alivio. Ahí estaba, sano y salvo. Para nada perdido. Él no era Ilam.

BÚSQUEDA DE ILAM

El sitio bombardeado ya no existía. Ni una piedra, ni un escombro. Una planicie extensa y llana, imposible de definir. Marie preguntó si yo estaba segura de que Ilam había desaparecido allí y no en otra zona de conflicto. Sylvain, receloso, estudiaba mis gestos. El polvo gris lo cubría todo, incluidos nosotros; a la media hora de deambular por aquel paraje devastado, nos sentimos embalsamados en una capa reseca y agrisada de hollín. Ese espacio agreste no distaba de asemejarse a un borrón de espesa tinta que un chico apurado y torpe derrama en su cuaderno de dibujo.

Desde entonces recuperé un tramo de la memoria y perdí las esperanzas de volver a ver a Ilam, de caminar junto a él, de chocar su brazo con el mío, que era lo que más me gustaba en la vida.

Me ardía la cabeza entre la piel y el cráneo.

En las mañanas buscaba en el líquido retinto del café el rostro de mi amigo. Igual algún indicio en la turbiedad del orine, en el mazacote de excrementos, en el agua que aclaraba mis pupilas. Nada.

—Empeorarás. Vas a enloquecer —no cesaba de repetir Sylvain, preocupado; después cuchicheaba con Marie en la cocina.

Marie me tomaba entre sus brazos, abrazadas veíamos la televisión. Uno de esos programas en los que quién quitaba que de algún momento a otro surgiría Ilam con mi nombre en sus labios, buscándome él a mí a su vez. Marie colocaba en mi boca la cuchara desbordante de cremoso helado de vainilla.

—Debes retomar el gusto por la vida. Lo más importante es vivir.

Marie podía decir ese tipo de barbaridades vacuas, levantarse y probarse unas medias caladas de rejillas a menos el treinta por ciento compradas en el Bonmarché. Fue ella quien me enseñó a explorar las tiendas en épocas de rebajas, palmoteaba embullada y gorjeaba graciosos griticos asombrados cuando descubría un artículo en saldos: *super!* Entonces la más insignificante tontería se transformaba en esa superficial y a veces inicua palabra: *super!* Marie, sin embargo, no daba el estilo de mujer impertinente y estúpida. Creo que se comportaba de tal modo para entretenerme y provocar que mi mente se anclara en un punto preciso de la realidad más inmediata. Le molestaba verme extraviada en las nubosidades del pasado. Marie también empezó a celarse del fantasma de Ilam.

—Si aprendieras a amarnos, a nosotros, a querer a tus nuevos amigos, y dejaras un poco en paz al energúmeno que no dejas de nombrar ni un segundo, sanarías más rápido —mientras jugueteaba nerviosa con la etiqueta de una falda plisada de Irié—. ¡Uf, demasiado cara!

—No he nombrado a nadie, no he movido los labios, ni he emitido sonido alguno —protestaba yo.

—Puedo leer tu pensamiento, no cesas de pensar en él —añadía con las cejas enarcadas y el ceño fruncido.

—No pienso en nada. Sencillamente, perdí el deseo de pensar —silabeaba, petulante.

—Vaya, vaya, qué frasecitas tan hechas, y por ende, tan falsas. Como para que te cojamos lástima.

—¿Por qué hablas en plural si Sylvain no está ahora con nosotros?

—Porque él y yo somos uno.

—Igual que Ilam y yo. Éramos como uno... —Me reviró los ojos y adelantó el paso, frenética—. Perdona, no fue mi intención —pronuncié, guindada de su brazo.

Al final Marie me acurrucaba en sus pechos, y la paz volvía a reinar.

En la espuma de la cerveza, bajo el sol del verano, tampoco lo hallé. Ni en las huellas de los zapatos de los turistas en la arena del parque. Marina y Jean tampoco retornaron para pelearse por la niña. Sencillamente, no supe más de ellos. Y mi banco fue arrancado de cuajo cuando la alcaldía decidió remozar el área de recreación. En su lugar dejaron un hueco hondo, y en la negrura intensa de su abismo también intenté descifrar los pasajes de una especie de laberinto que pretendía yo me conduciría hasta Ilam.

Escupí dentro, sin rabia. De súbito, los horrores del siglo me obligaron a reflexionar con lucidez en mi pena, en mi horror personal. No enumeré un muestrario para compadecerme a mí misma; al contrario, busqué en mí con el lado más crítico de mis sentimientos. ¿Fue entonces casual que presenciara la masacre contra la familia que nos hospedó a Ilam y a mí, fue casual, además, ser testigo de la guerra, fue casual que conociera a Marina y a Jean, y casual fue también que Marie me condujera de testigo en los últimos instantes de la vida de una señora traicionada? El destino, o como se llame, tal vez el azar, situó estos acontecimientos en mi camino para que yo no me derrumbara solitaria en el fin, porque cuando estas personas cruzaron por mi vida, yo me hallaba al borde del suicidio.

—Estoy harta de soñar contigo —maldije la sombra de Ilam, que confundía y alteraba mis cavilaciones.

Todavía yo era pobre, muy pobre, aunque menos que cuando me instalé en el banco ahora invisible. Temía y odiaba la pobreza. Mi mayor miedo era regresar a ella, al grado más bajo del ser humano, a la miseria. El miedo ocupó todo mi cuerpo, ya no era un latigazo espiritual, sentí dolores en las articulaciones, escalofríos, mareo. El miedo era físico y pinchaba cada una de mis células, repartido y multiplicado en miles de agujas.

Un extraño, otra vez otro extraño, acudió en mi ayuda, atajándome, impidió que cayera desmayada. Me sostuvo por el codo y avanzamos unos metros. Antes de preguntar si llamaba a un médico y de dejarme de nuevo sola, pude reflejarme en su mirada. Era la mirada de Ilam. A partir de aquella tarde cualquier persona que abordaba mi camino miraba idéntico a mi amigo. Entonces quise imaginar que Ilam, similar a aquellos cientos y cientos de aguijones que roturaban cada partícula de mí ser, había conseguido propagarse y diluirse en los demás.

Antes de encerrarme en la buhardilla de Sylvain, pasé a saludar a madame Zinsky, ella en persona abrió la puerta, hizo una mueca de reproche, y preguntó que qué iba a buscar yo allí, que su nieto y la amiguita de éste no se encontraban, y que ella necesitaba tranquilidad, y que yo me mostraba demasiado perturbadora.

De todos modos, caminó delante de mí, dejó la

puerta de par en par. La seguí y me di cuenta de que armaba uno de sus interminables y fatigosos rompecabezas. Se calló luego de una andanada de insultos comedidos donde me llamaba haragana, sinvergüenza, aprovechada y mentirosa, entre otras lindezas, y reparó en que yo me había quedado como de piedra frente a lo que ella consideraba una obra de arte. Habrá visto reflejados en mi cara tanta pena, melancolía, tristeza, en una palabra, que no pudo contenerse y empezó a golpearme más impotente que airada.

Ella sabía que yo había descubierto que su vida no tenía sentido ninguno, y eso la colocaba en una posición de furiosa desventaja. Además, hacía demasiado tiempo que su vida servía menos que la de un perro, gritó, histérica. La invadió la roña y, violenta, agarró un jarrón de porcelana y lo hizo añicos en mi cabeza. Perdí el conocimiento y caí al suelo.

Desenfocados, logré reconocer a Sylvain y a Marie, quienes habían ido a rescatarme a casa de madame Zinsky. Marie agitaba unos sobres de cartón en la mano. Mi cabeza giraba, presentí la inflamación como un globo. Sylvain me comunicó con pesar que había recibido cinco puntos de sutura en la frente en el hospital Saint-Antoine. Ahora reposaba en la cama de Sylvain.

Marie extendió hacia mí una copa burbujeante de champán. ¿Estaría loca, no se percataba de que yo estaba medio muerta? Se apresuró a anunciar que había comprado tres billetes para Brasil. ¿Qué decía? Yo no podía viajar a Brasil, ni a ninguna parte, malamente podía permitirme montar en el metro, debido a mi situación de indocumentada. Marie aseguró que había resuelto lo del problema del pasaporte y de la carta de residente. Sólo que eran un poco falsos, y que con ellos podría montarme y bajarme del avión.

—¿Un poco falsos solamente? —pregunté, supongo que con los ojos desorbitados.

—De contrabando, adquiridos en Madrid, son seguros —insistió Marie mientras Sylvain miraba a los celajes.

Era sábado, la partida sería el martes siguiente.

EL VIAJE IDEAL

La mamá de Ilam, asomada al balcón, escondida entre
los tiestos de orquídeas y las boquitas de león, constituía
un espectáculo de una inmensa ternura. Su pelo todavía
negro brillante, las mismas pupilas azabaches de su hijo,
las arrugas que dibujaban en su rostro los mapas de la
ilusión. Ilam suspiraba mientras contemplaba a su madre acodada en la baranda. «Ella no ha perdido las esperanzas», subrayaba. «Mi madre —la suya— es una mujer
ilusionada», repetía Ilam.

Ella nunca perderá las esperanzas de volver a ver a su
hijo, a su pequeño Ilam. Yo sí las perdí, pero yo no soy su
madre. A veces hablo por teléfono con la madre de Ilam
e intenta consolarme, infiltra energía y fuerza en mis ar-
terias pese a la distancia, pese al desasosiego.

—Ilam no pudo haber muerto. Yo lo espero todas las
tardes asomada al balcón. Y me arreglo, me pongo bonita, para que vea que su madre no se ha avejentado.

Cierro los ojos y consigo evocarla como en aquella
tarde en que nos gritó desde la terraza:

—No hagan berracás por ahí, miren que el horno no
está para galleticas.

Aquella tarde íbamos a la Cinemateca a echarnos *Ca-*

sablanca por la ciento una vez. Ilam decía que yo me parecía a Ingrid Bergman, fantaseaba con que yo le respondiera que él podía ser el doble de Humphrey Bogart, su ídolo; pero nada que ver. Ilam era mucho más apuesto que el actor americano. Nos sabíamos de memoria los diálogos de la película; claro, los subtitulados al español, lo que más nos gustaba era el magistral momento del reencuentro entre ambos troncazos de actores, Bogart y la Bergman, y cuando Sam canta la canción de marras. Y al final, cuando Bogart le recuerda en un cierre de oro:

—*We loved in Paris.*

O lo que es mejor:

—*Siempre nos quedará París.*

Al salir del cine bien tarde, casi de madrugada, nos cogió la confronta, o sea, no había guaguas, y tuvimos que regresar a pie, entonces me dio el antojo de tomarnos un helado en Coppelia, caminamos desde 12 y 23 hasta La Rampa. Al llegar, la cola era tremebunda, le daba la vuelta a la manzana. La mayoría de la gente que esperaba allí no alcanzaría a tomar helado ni en tres días. Sin embargo, tuvimos la dicha de que se nos acercó un tipo moreno, pelo rizado, ojos amarillos gatunos, se había prendado de Ilam. ¡Qué desperdicio de macho!, pensé.

Jociel nos invitó a entrar con él en la heladería, lo cual le permitía sin mucho esfuerzo su privilegiada condición de brasileño. Jociel apenas conversaba de lo tímido que resultó ser. Nos sentamos los tres a la mesa de hierro cuyo mármol cochino, empegostado de capas de helado sin limpiar, daba grima de asco; Jociel sólo nos observaba con una sonrisa como para comérselo. Su español era precario, y ninguno de nosotros hablaba portugués.

Después del helado, Ilam se sintió obligado a devolver el favor, de ser hospitalario como se supone deberíamos ser los isleños, e invitamos a Jociel a su casa. Allí, la mamá de Ilam nos cocinó espaguetis en un dos por tres, o sea, que esa noche empezamos la cena por el final, el postre y después el plato fuerte. Eso lo entendimos todos y nos reímos bobalicones. Jociel expresó sentir que estábamos muy tensos, incluida la mamá de Ilam.

—Hijo, los pobladores de esta isla somos todos tensos. Tensísimos por naturaleza —agregó la señora.

Jociel se dispuso a darnos un masaje para suavizar nuestros cuerpos y aligerar la mente. Y como en efecto, nos acostamos en el suelo. Empezó por mí, me dormí en un minuto, siguió con Oraida, y el tercero fue su hijo. Jociel nos dejó nuevos de paquete celofán y todo rollo. A la noche siguiente nos invitó a bailar, Oraida nos acompañó. Jociel nos contaba de la belleza de Río de Janeiro, donde nació, nos mostraba fotos, y a nosotros nos parecía increíble que estuviésemos conversando con alguien nacido y criado en Río de Janeiro. Era como encontrar a un marciano. Oraida lo interrogaba sobre los posibles finales de las telenovelas, brasileñas como él. Pero Jociel no estaba muy al tanto de semejante tema, banalidad según su opinión de intelectual recogido al buen vivir.

Jociel se nos fue un mes más tarde, no sin antes dejarnos una edición manoseada de *Esperando a Godot*, su dirección y un número de teléfono, los cuales me aprendí de memoria. Era el único amigo que vivía en el extranjero, nada más y nada menos que en Brasil. Desde Copacabana nos enviaba extensas cartas amorosas, y más y más fotos cuyo telón de fondo era la playa de arena fina, el Pan de Azúcar, el Cristo célebre. Sitios que a nosotros la sola contemplación nos inyectaba felicidad y al mismo tiempo nos hacía desfallecer de sana envidia. Allí había conocido a una tal Canela, bailarina, exiliada cubana, una chica con talento que extrañaba tanto su país que era la razón, entre otras, por la que había viajado hasta la isla.

—Algún día las llevaré a Río de Janeiro —prometía Ilam a su madre y a mí. Oraida palmoteaba contenta, como si fuera un proyecto fácilmente realizable—. Nuestro viaje ideal será a Río de Janeiro, y en un bar de esquina escucharemos la canción de *La chica de Ipanema*.

Entretanto, Jociel ganó un importante premio de reportaje e inició un periplo casi interminable alrededor de los países más desfavorecidos del mundo. La correspondencia fue espaciándose, y la que nos era entregada pasaba por la censura. Ilam le pidió por escrito que, a causa de estos incidentes, era mejor que no nos escribiéramos más. Ni se sabe la cantidad de veces que a Ilam y a mí se nos humedecieron los ojos mientras escuchábamos a Chico Buarque, pues Jociel se le daba un aire en los gestos, en el acariciante modo de hablar, y además, las canciones también como que, de alguna manera, nos parecía que contaban su vida.

Por unos cuantos años, gracias a Jociel, Brasil fue un país que podíamos tocar mucho más que con la imaginación; luego se fue emborronando, y nos invadió otra vez la incertidumbre de si existíamos realmente o no como humanos del mismo planeta.

EL MAR VISTO DESDE LAS NUBES

—

Quedamos en que, una vez en el mostrador, entregaríamos los tres pasaportes juntos para no levantar sospechas; pero en el último minuto Sylvain se apendejó y quiso apartarse de nosotras. Allá él, susurró Marie, enfadada. Marie palideció, la piel encima de sus labios se cubrió de una capa de gotas de sudor, apretó las mandíbulas, presentó los documentos en la aduana. El joven empezó con el pasaporte y la carta de identidad de la ciudadana francesa, alzó los ojos y discretamente estudió a profundidad los rasgos físicos de Marie.

Yo no tenía miedo, ¿qué miedo iba a tener, si ya había pasado por lo peor? Te meterán en prisión y luego te deportarán, me taconeó mi cerebro, pero no me causó ningún efecto negativo. Ahora el muchacho estudiaba las páginas de mi pasaporte, dio vueltas a la carta de residente; me dio la impresión de que duraba años el movimiento de sus ojos a los míos. De no pestañear se me aguaron las pupilas, una lágrima asomó por el rabo del ojo derecho.

—¿Son recientes? —se refería a los documentos, cuando yo pensaba en mis espejuelos nuevos.

Asentí.

—¿Nunca ha salido del territorio francés?

—Como podrá apreciar, ella es sordomuda. No, jamás ha viajado —se atrevió a justificar Marie.

El joven recogió los documentos, los reunió emparejándolos con pequeños golpecitos sobre la formica del mostrador y luego hizo un elegante gesto con la mano invitándonos amablemente a pasar. A Marie se le enredaron los pies, trastabilló, por poco cae encima de unos maletines ajenos.

Nos tocó asientos continuos, pero a mi izquierda se sentó una mujer bastante inquieta, con muchos deseos de entablar conversación. El avión maniobró y despegó en seguida. Sylvain se hallaba en la otra cabina. Era un avión inmenso. Al rato, Sylvain se dirigió a nosotras, pero Marie, muy molesta, le volvió la espalda; avergonzado, se retiró a su sitio.

Sin comerla ni beberla, la señora empezó a darle a la sin hueso, a contarme su vida del pe al pa. Se largaba de Francia, se sentía *dégoutée* de su país.

—No dan ganas ni de trabajar, el Estado te quita más de la mitad del salario que ganas con el sudor de tu frente, dicen que para las supuestas ayudas. ¿Cuáles ayudas? ¿Ayudas para que los políticos se echen amantes, y hagan y deshagan con el dinero de los contribuyentes? ¿Para que los pedófilos se paguen viajecitos a Cuba o a Tailandia todas las semanas? ¿Ayudas para los vagos? No estoy dispuesta, que se jodan, que se ahoguen en su mierda. ¿No está usted de acuerdo conmigo?

Afirmé con una mímica, Marie me dio un codazo. Señalé a mi boca haciéndole saber a mi vecina que no podía hablar. Escribí en un papel: «Soy sordomuda, perdí la memoria en un bombardeo, pronto quedaré ciega.»

La otra se viró hacia mí, aterrada, entonces me apretó la mano muy fuerte:

—*Courage!* Perdone, y yo me pongo a abrumarla con mis pequeñas miserias. El ser humano es de un egoísmo atroz.

Y cerró el pico hasta el final del viaje.

A Sylvain le había tocado la ventanilla. Al cabo de seis horas, quedaban siete, algunos pasajeros nos levantamos a estirar las piernas. Aproveché para pedir por señas que me prestara su silla.

El mar visto desde las nubes. El mar engullía el pasado.

Luego cerré los ojos y no supe más hasta que, suavemente, aterrizamos en Río de Janeiro. Los pasajeros aplaudieron al piloto.

Marie ignoró a Sylvain a la hora de cruzar la aduana, me tomó de la mano e hicimos exactamente lo mismo que en el aeropuerto de salida, entregamos los pasaportes de un golpe. Allí fue distinto. El policía demoraba, consultó el ordenador, llamó por teléfono. El portugués de Brasil me sonó dulce y gozador, como si estuviese en pleno protagonismo de una canción de Caetano Veloso. Pasados diez minutos en que ya la gente de detrás se impacientaba, llegó un policía de mayor rango.

—*Vosê pode, ela nâo*—señaló a Marie, luego a mí.

Ella no, y su dedo indicó a mi pecho. Yo no. Tuve que acompañarlo a un cubículo, Marie nos siguió. Dijo que ella respondía por mí:

—Yo también —Sylvain carraspeó asomado a la puerta.

El policía de aduana los obligó, sin embargo, a esperar afuera.

—¿Cree que no nos hemos dado cuenta de que es falso? —Hice como si se refiriera a mi bolso, *contrefaçon* de una marca famosa, el policía indicó al pasaporte, y negué.

Puso delante de mí un papel y un lápiz. La dirección y el teléfono de Jociel martillaban mis sienes en letanía. Pero no escribí más que lo previsto.

Escribí que era sordomuda. Incapacitada física.

—Te vamos a devolver a Francia, ellos sabrán decidir qué hacen contigo.

Ató mis manos con las esposas a mis espaldas y me sacó del cuarto. Yo delante, él pisaba mis talones. Marie y Sylvain casi corrían a nuestro lado, incluso cuando una pared de cristal nos separó, al dividir en dos el pasillo.

—¡Oiga, no se la puede llevar así como así! ¡No ha hecho nada malo! ¡Mire, es mi culpa!

Giré la cabeza hacia Marie, le clavé la vista reprimiéndola que se callara, que no hablara más.

Entonces ocurrió lo imprevisto. La *vivencia oblicua*. La puerta destinada a los jefes de Estado y personalidades muy importantes se abrió, y una comitiva con uno de esos presidentes a la cabeza que yo no conocía y que visitaba Brasil pasó a nuestro lado. En el bulto de trajeados reconocí a Jociel.

Jociel. Jociel. Repetí en mi interior.

Jociel. Estoy en tu país. He visto el mar desde las nubes. La sensación es la misma que caminar junto a Ilam, cuando chocaba mi hombro con el suyo. Una delicia, imaginé que tocaba el cielo.

Bastó que el hombre se parara en seco, rompiera fila y decidiera alejarse de la comitiva en dirección a mí. Los demás se detuvieron. El mundo entero se detuvo cuando aquel hombre elegante fue a abrazar a una ilegal, a una proscrita. No sé por qué escondí aún más mis manos esposadas, fue instintivo.

—¡Tú, tú! —Jociel besaba mis mejillas, emocionado.

—¡Tú, tú! —repetía—. ¡Has conseguido venir a Brasil, es maravilloso! ¿En qué hotel te hospedarás? ¡De eso nada, vendrás a mi casa!

Sin darme chance a responder, me entregó una tarjeta grabada con su nombre, seguido de un cargo importante cuyo título rimbombante no conseguí leer, pues la deslizó demasiado rápido dentro del bolsillo de mi blusa en gesto confianzudo. Dijo que sólo se marchaba una semana de viaje, que lo telefoneara el domingo próximo. El policía no entendía el embrollo, el mudo en ese instante era él. Jociel reiteró su alegría y apretó mi cuerpo en un abrazo efusivo, recortaba mi respiración.

—Oh, disculpa. Siento mucho lo de Ilam. Lo terrible es que descubrí su cadáver mientras realizaba un reportaje para CNN, llegué al lugar minutos después del bombardeo, estaba fresco, incluso de buen color, para mí fue un *shock*. No podía creer que fuera él. ¿Sabes cómo lo confirmé? De casualidad. Dentro de la camisa llevaba *Esperando a Godot*, de Samuel Beckett, el ejemplar que yo te regalé. Nunca entendí qué rayos hacía Ilam en aquella guerra. Ya me lo explicarás —hablaba sin parar, apresurado por la presencia de la comitiva.

Un nuevo abrazo. Marie manoteaba del lado opuesto, pero el cristal ahogada su voz. Supuse que se había dado cuenta del golpe de azar que me destinaba la vida, y ella, tan práctica y cartesiana, me rogaba que pidiera ayuda a ese enviado «celestial». Sylvain gesticulaba en dirección a Jociel, de espaldas al vidrio, deseaba llamar la atención.

—Me esperan, tengo que dejarte porque estoy a punto de perder el avión. No olvides llamarme, fíjate que si no lo haces rastrearé Río de Janeiro hasta sus más arriesgados confines, y te encontraré... —se alejó con una sonrisa que ya no era tímida.

Todos menos él se habían dado cuenta de que yo iba detenida. Al sumarse al grupo, reanudó la conversación por donde mismo la había interrumpido al verme. A lo lejos dejó de ser Jociel. Era un señor más, disfrazado de respetable.

Entonces Ilam no volvería. Confirmado, verídico su asesinato. ¿Por qué tenía que hacer caso de ese Jociel, que muy poco tenía que ver con aquel que Ilam y yo conocimos y añoramos por tanto tiempo?

El corredor se hizo cada vez más estrecho, acabó el muro de cristal, y con él la visión de Marie y de Sylvain. El policía respiraba cálido en mi cuello. A corta distancia se abrió la entrada a otro corredor, y al fondo, una puerta. Al pasar por el segundo pasillo dejé de sentir el aliento del guardia. Avancé unos pasos más y supe que me había dejado sola. Comprobé que lo estaba de verdad al voltear mi cuerpo y no ver a nadie. Apresurada, aunque en puntillas, gané la puerta, de espaldas y todavía esposada, manipulé la cerradura. Daba a una calle soleada. El policía se había hecho el bobo y me dejaba escapar.

Despacio, despacio, me dije, no te apures. Lo primero era buscar a Marie y a Sylvain. Lo segundo, averiguar cómo carajo me quitaba las esposas. Libre. Respiré, y la humedad del mar ensanchó mis pulmones. Escuché a lo lejos la estruendosa batucada de una samba. Era carnaval y la gente bailaba.

Carta del editor:

7 de julio.

Querida mía:
Acabo de terminar de leer tu segundo manuscrito. Aunque me parece bastante triste, es una novela que evoca el estado permanente de guerra en que nos vemos sumidos hoy en día. Lo publicaremos.
Mi esposa ha puesto el telediario. Espantoso. Ataques terroristas en Londres, muy parecidos a los de Madrid.
Las bombas regulan el ritmo de las ciudades.
Sólo la literatura podría salvarnos, pero ¿existe aún la literatura?
Los hombres juegan con la muerte, leen menos y, lo que es peor, viven mayormente con una idea muy pobre y recondenada del placer.
Coraje, tendremos que armarnos de mucha paciencia y de valentía, de una rara valentía. Los terroristas desprecian la vida porque ignoran cómo vivirla, desconocen el aliento del arte.
Me ha gustado tu texto, sin embargo te sugeriría que lo engavetaras. Y que lo sacaras de vez en cuando, sólo para ti. Aun-

que te repito que lo editaremos, no sabría confirmarte la fecha con exactitud. Lo más importante que debe saber un escritor es durante cuánto tiempo sus escritos deben permanecer secretos, y después, en qué preciso instante la gente necesitará de ellos, como de la respiración. Eso sólo lo puede saber el autor, cuando su escritura se transforma en un baile con la vida. Los editores nos equivocamos con insoportable frecuencia en esos pasos de baile, aunque nos propongamos lo contrario.

Te aprecia,

TU EDITOR

New Jersey, 2002-París, 2005.

Planeta

España
Av. Diagonal, 662-664
08034 Barcelona (España)
Tel. (34) 93 492 80 36
Fax (34) 93 496 70 58
Mail: info@planetaint.com
www.planeta.es

P.º Recoletos, 4, 3.ª planta
28001 Madrid (España)
Tel. (34) 91 423 03 00
Fax (34) 91 423 03 25
Mail: info@planetaint.com
www.planeta.es

Argentina
Av. Independencia, 1668
C1100 ABQ Buenos Aires
(Argentina)
Tel. (5411) 4382 40 43/45
Fax (5411) 4383 37 93
Mail: info@eplaneta.com.ar
www.editorialplaneta.com.ar

Brasil
Rua Ministro Rocha Azevedo, 346 -
8.º andar
Bairro Cerqueira César
01410-000 São Paulo (Brasil)
Tel. (5511) 3087 88 88
Fax (5511) 3898 20 39

Chile
Av. 11 de Septiembre, 2353, piso 16
Torre San Ramón, Providencia
Santiago (Chile)
Tel. Gerencia (562) 431 05 20
Fax (562) 431 05 14
Mail: info@planeta.cl
www.editorialplaneta.cl

Colombia
Calle 73, 7-60, pisos 7 al 11
Bogotá, D.C. (Colombia)
Tel. (571) 607 99 97
Fax (571) 607 99 76
Mail: info@planeta.com.co
www.editorialplaneta.com.co

Ecuador
Whymper, N27-166, y A. Orellana,
Quito (Ecuador)
Tel. (5932) 290 89 99
Fax (5932) 250 72 34
Mail: planeta@access.net.ec
www.editorialplaneta.com.ec

Estados Unidos y Centroamérica
2057 NW 87th Avenue
33172 Miami, Florida (USA)
Tel. (1305) 470 0016
Fax (1305) 470 62 67
Mail: infosales@planetapublishing.com
www.planeta.es

México
Av. Insurgentes Sur, 1898, piso 11
Torre Siglum, Colonia Florida, CP-01030
Delegación Álvaro Obregón
México, D.F. (México)
Tel. (52) 55 53 22 36 10
Fax (52) 55 53 22 36 36
Mail: info@planeta.com.mx
www.editorialplaneta.com.mx
www.planeta.com.mx

Perú
Grupo Editor
Jirón Talara, 223
Jesús María, Lima (Perú)
Tel. (511) 424 56 57
Fax (511) 424 51 49
www.editorialplaneta.com.co

Portugal
Publicações Dom Quixote
Rua Ivone Silva, 6, 2.º
1050-124 Lisboa (Portugal)
Tel. (351) 21 120 90 00
Fax (351) 21 120 90 39
Mail: editorial@dquixote.pt
www.dquixote.pt

Uruguay
Cuareim, 1647
11100 Montevideo (Uruguay)
Tel. (5982) 901 40 26
Fax (5982) 902 25 50
Mail: info@planeta.com.uy
www.editorialplaneta.com.uy

Venezuela
Calle Madrid, entre New York y Trinidad
Quinta Toscanella
Las Mercedes, Caracas (Venezuela)
Tel. (58212) 991 33 38
Fax (58212) 991 37 92
Mail: info@planeta.com.ve
www.editorialplaneta.com.ve

Grupo **Planeta**   Planeta es un sello editorial del Grupo Planeta   www.planeta.es